SOPHIE McKENZIE
CHICA DESAPARECIDA

Chica desaparecida
Título original: *Girl missing* ©
Primera publicación en Gran Bretaña en 2006
por Simon & Schuster UK Ltd

Primera edición al castellano: febrero de 2024

© Texto: Sophie McKenzie, 2006
Diseño e ilustración de la cubierta: Anna Martí

Colección La Mar Salada de
© Editorial El Pirata, 2024
Sabadell (Barcelona)
info@editorialelpirata.com
editorialelpirata.com/libros-juveniles

ISBN: 978-84-19898-26-5
Depósito legal: B 2352-2024
Impreso en China

Con el apoyo de:

El papel utilizado en este libro procede de fuentes responsables.

Editorial el Pirata apoya el *copyright*, que protege la creación de obras literarias y es, por tanto, un elemento importante para estimular la labor de los artistas y la generación de conocimiento. Os agradecemos que apoyéis a los autores comprando una edición autorizada de este libro y que respetéis las leyes del *copyright* sin escanear ni distribuir de forma total o parcial esta obra, por ningún medio, sin permiso. Diríjase a CEDRO (Centro Español de Derechos Reprográficos, www.cedro.org) si necesita fotocopiar o escanear algún fragmento.

Para mamá, que fue la primera en leerme cuentos.
Y para Joe, que fue el primero en leer esta historia.

SOPHIE McKENZIE
CHICA DESAPARECIDA

LA MAR SALADA
de Editorial el Pirata

PRIMERA PARTE
BUSCANDO A MARTHA

PRIMERA PARTE
BUSCANDO A MARTHA

1. ¿Quién soy?

¿Quién soy?
Me senté frente al ordenador del despacho de mamá y me quedé mirando el encabezamiento de la redacción. Los profesores recién llegados siempre te ponen tareas así a principio del curso.
¿Quién soy?
Cuando era más pequeña, era fácil. Me limitaba a escribir cosas obvias como «soy Lauren Matthews; tengo el pelo castaño y los ojos azules». Pero en aquel momento, se suponía que teníamos que escribir sobre lo que nos interesaba, lo que nos gustaba y lo que no. Sobre quiénes éramos por dentro.

Necesitaba un descanso.
Le envié un mensaje de texto a mi amigo Jam:

> ¿Cómo llevas la estúpida redacción?

CHICA DESAPARECIDA

Me respondió un minuto después:

> Lamentamos informarle de que James «Jam» Caldwell ha muerto de aburrimiento mientras hacía los deberes esta noche.

Me reí a carcajadas. Jam siempre me animaba. Algunas chicas de mi clase se burlaban de nuestra relación y fingían que era mi novio, pero eso es lo más estúpido del mundo: Jam y yo éramos amigos desde primaria.

¿Quién soy?

Apoyé la cabeza entre las manos.

¿Cómo puede alguien averiguar quién es si no sabe ni de dónde viene?

Y yo no tenía ni idea de dónde venía...

Me adoptaron cuando tenía tres años.

Un minuto después, mamá me llamaba desde abajo:

—¡Lauren! ¡A cenar!

Bajé corriendo, encantada de alejarme de la redacción, aunque el alivio no duró mucho.

—¿Cómo van los deberes? —preguntó mamá mientras removía algo en una sartén.

—Hmm —murmuré.

—Por el amor de Dios, Lauren —suspiró mamá—. ¿Por qué no puedes hablar bien?

La miré. La misma mamá de siempre. Bajita. Huesuda. De labios finos.

No me parecía a ella en nada.

Le hablé muy claro y despacio:

—¿Quién es mi verdadera madre?

Mamá se quedó paralizada y, durante un segundo, pareció aterrorizada. Luego su cara se endureció como una máscara. Ninguna emoción.

—Soy yo —dijo ella—. ¿De qué hablas?

—No es nada. —Aparté la mirada, deseando no haber dicho nada.

Mamá se sentó, con la sartén aún en la mano.

—Creía que no te importaba saberlo —dijo.

Puse los ojos en blanco.

—Y no me importa.

Mamá sirvió unos huevos revueltos en mi plato.

—De todos modos, no sabría decírtelo. Fue una adopción cerrada. Eso significa que ninguna de las partes sabe nada de la otra. —Se levantó, volvió a poner la sartén en la cocina y se volvió hacia mí. Su rostro se había vuelto ansioso—. ¿Alguien te ha dicho algo en el colegio?

—No.

Me incliné sobre el plato. Solo a mamá se le ocurriría que otra persona me estuviera metiendo ideas. Ni se le pasaría por la cabeza que pudiera ocurrírseme a mí sola.

—¿Qué hay para cenar? —Rory entró corriendo desde el jardín, con los mofletes enrojecidos por el aire frío. Rory tenía ocho años y era la viva imagen de mi padre. «Mi pequeño milagro de probeta», lo llamaba mi madre.

Solo puedo decir que hay muchas cosas desagradables que crecen en tubos de ensayo...

Rory se detuvo en seco delante de la mesa e hizo una mueca:

—¡Qué asco, huevos revueltos!

—Tú sí que das asco —le dije.

Rory me pinchó con su tenedor.

—¡Ay! ¡Mamá, me está clavando el tenedor!

Mamá nos fulminó con la mirada a los dos.

—Siéntate, Rory.

A veces me pregunto si creía que Rory era un perro. Una vez la oí decirle a una amiga «los chicos son como cachorros, solo necesitan afecto y aire fresco; las chicas dan mucho más trabajo».

Entonces, ¿por qué elegirme a mí —una chica— en primer lugar? Recordaba todas las veces, cuando era pequeña, en que mamá me había hablado de la adopción, de cómo me habían elegido de un catálogo. Me hacía sentir especial, querida. Pero en ese momento ya me hacía sentir como un vestido comprado por correo. Un vestido que no quedaba bien, pero que costaba demasiado devolver.

—¿Puede venir Jam luego? —pregunté.

—Cuando hayas hecho los deberes, si no es demasiado tarde —fue la predecible respuesta de mamá.

—Estos huevos parecen tu vómito —me dijo Rory.

A veces lo odiaba muchísimo.

En cuanto volví a subir, le escribí a Jam:

> ¿Nos vemos luego?

Su respuesta llegó en cuestión de segundos:

> A las 7.

Comprobé la hora en la esquina de la pantalla: 6:15. ¡Era imposible que terminase mi redacción en cuarenta y cinco minutos!

¿Quién soy?

«Adoptada. Perdida». Tecleé las palabras en el buscador.

En aquel tiempo, pensaba mucho en ello. La semana anterior, incluso había consultado algunas webs de información sobre la adopción. Te habrías reído si me hubieras visto: el corazón palpitando, las palmas de las manos sudorosas, un nudo en el estómago.

O sea, no es como si fuera a encontrar una página que dijera «Lauren Matthews, haga clic aquí para obtener sus datos de adopción».

En fin, ¿sabes lo que descubrí?

Que, si quería saber algo sobre mi vida antes de los tres años, necesitaba el permiso de mamá y papá.

¿No es increíble?

Mi vida, mi identidad, ¡mi pasado!

Pero su decisión...

Aunque se lo pidiera, era imposible que mamá dijera que sí. Ya has visto cómo se ponía con el tema. Se le ponía cara de perro rabioso.

Le estaría bien empleado que siguiera adelante y lo hiciera de todos modos.

Hice clic en el icono de búsqueda.

«Adoptada. Perdida». Casi un millón de resultados.

Me dio un vuelco el corazón. Podía sentir cómo se me volvía a retorcer el estómago.

Me senté de nuevo en la silla. Basta.

Solo estaba perdiendo el tiempo. Aplazando los deberes. Me acerqué para cerrar la búsqueda y fue entonces cuando lo vi: Niños-Perdidos.com, una web internacional sobre niños perdidos o desaparecidos. Fruncí el ceño. ¿Cómo puedes perder a un niño y que no aparezca? Puedo entender que se te pierda durante cinco minutos, o incluso una hora. Y sé que a veces los niños desaparecen porque algún psicópata los ha asesinado. Pero mamá dice que eso solo pasa como una o dos veces al año.

Hice clic en la página de inicio. Era una masa parpadeante de caras. Cada rostro, del tamaño de un sello; cada sello, convirtiéndose en un nuevo rostro al cabo de unos segundos.

Me quedé boquiabierta. ¿Pertenecían todas esas caras a niños desaparecidos? Entonces, en la web, vi un campo de búsqueda. Dudé, pero acabé tecleando mi nombre: Lauren. En realidad, no pensaba en lo que estaba haciendo.

Solo estaba jugando, viendo cuántas Laurens desaparecidas había por ahí.

Resultó que había ciento setenta y dos. Vaya, que el ordenador me estaba indicando que afinara la búsqueda.

Una parte de mí quería detenerse, pero me dije «no seas estúpida». Los rostros parpadeantes de la pantalla no eran niños adoptados como yo, sin pasado. Eran niños desaparecidos. Niños con solo un pasado.

Solo quería ver quién había allí.

Añadí mi mes de nacimiento a los criterios de búsqueda y luego vi cómo aparecían tres Laurens en la pantalla. Una era negra, desaparecida desde que tenía dos semanas.

Otra era blanca, con el pelo rubio, parecía de unos nueve o diez años. Sí, solo llevaba desaparecida cinco años.

Miré fijamente a la tercera niña.

Martha Lauren Purditt
Tipo de caso: perdida, herida, desaparecida
Fecha de nacimiento: 12 de marzo
Edad actual: 14
Lugar de nacimiento: Evanport, Connecticut, EE. UU.
Cabello: castaño
Ojos: azules

CHICA DESAPARECIDA

Miré la cara por encima de las palabras; la cara de una niña regordeta y sonriente. Luego, la fecha en que había desaparecido: 8 de septiembre.

Menos de dos meses antes de ser adoptada.

Mi corazón pareció dejar de latir.

La fecha de nacimiento era un par de días más tarde. Y yo era británica, no de Estados Unidos como la niña desaparecida.

Así que no era posible.

¿O sí?

La pregunta inundó mi cabeza como una fiebre, haciendo que todo me diera vueltas:

¿Podría ser yo?

2. Cuéntaselo a Jam

Me quedé mirando a la niña en la pantalla, buscando en su rostro señales de que pudiera ser yo.

—¡Lauren! ¡Jam está aquí! —El grito de mamá me hizo dar un respingo.

Mi corazón se aceleró al oír los pasos de Jam subiendo las escaleras. Alargué la mano y minimicé la pantalla. Corrí hacia la puerta, justo cuando entraba Jam.

—Hola, Lauren —sonrió Jam. Llevaba el pelo oscuro engominado hacia atrás para que no le cubriese la cara y olía a jabón—. ¿Has acabado los deberes?

—Sí, eh… No, la verdad es que no. —Apenas le escuchaba—. Tengo que ir abajo a por una cosa.

Jam frunció el ceño, pero me siguió hasta el salón, donde mamá estaba sentada en el sofá viendo las noticias en la tele.

—Mamá, ¿dónde están nuestros álbumes de fotos?

Me miró fijamente.

CHICA DESAPARECIDA

—Al fondo del armario. —Señaló un par de puertas de madera en la esquina de la habitación—. ¿Y ese interés repentino?

Me acerqué corriendo y empecé a sacar álbumes, hojeando las páginas.

—¿Dónde están mis fotos más viejas? —dije.

Silencio.

Levanté la vista. Mamá y Jam me miraban como si estuviera loca.

—¿De qué va esto, cariño? —La voz de mamá sonaba tensa.

Dejé el álbum que tenía en la mano.

—Es para esa redacción de «¿Quién soy?» —dije lentamente—. Ya la he terminado, pero he pensado que quedaría bien poner una foto de cuando era pequeña y una de ahora. Quiero hacerlo rápido porque Jam ya ha llegado.

Mamá relajó la cara.

—Buena idea —dijo—. Aunque creo recordar que te dije que lo hicieras todo antes de que viniera. Prueba con el álbum verde del fondo.

Lo saqué y lo abrí por la primera página. Allí estaba yo: carita seria y melena castaña ondulada. Se la enseñé a mamá.

—¿De cuándo es? —le pregunté, intentando sonar informal.

—De justo después de adoptarte —dijo—. En Navidad.

Eso era lo mejor que iba a conseguir.

—¿Puedo llevármela?

—Claro —dijo mamá—. Pero asegúrate de devolvérmela después —sonrió—. Esas fotos son preciosas.

Me puse de pie.

—Vuelvo en un minuto. —Miré a Jam. Me devolvió la mirada con suspicacia—. Solo quiero escanear la foto.

Volví corriendo al estudio de mamá y abrí la página Niños-Perdidos.com. Sostuve mi foto junto a la imagen en pantalla de Martha Lauren Purditt. Creo que había esperado que la foto me sacara de dudas.

No fue así.

Martha Lauren era regordeta, tenía hoyuelos y reía.

En la foto del álbum de mamá, mi cara era más fina y no sonreía.

Sin embargo, había similitudes: la forma de los ojos, el pliegue bajo los labios. ¡Podía ser yo! Encajaba casi del todo.

Me sentí como en una de esas atracciones de feria que te hacen girar en tantas direcciones a la vez que al final ya no sabes dónde es arriba y dónde es abajo.

Si esa era yo, no era quien creía ser. Tenía un nombre distinto, una nacionalidad distinta, ¡incluso un cumpleaños distinto! No podía fiarme de nada de lo que sabía sobre mi vida.

—¿Qué haces? —Jam me miraba desde la puerta, con una expresión de desconcierto en la cara.

—Nada. —Minimicé rápidamente la pantalla.

Estaba haciendo el ridículo. Todo aquello era demasiado raro. Jam se reiría de mí si se lo contara: me llamaría Capitana Egocéntrica o algo así. Pero quería enseñárselo. Quería saber qué opinaba.

—¿Nada? ¡No me vengas con esas! —Jam entrecerró los ojos—. Llevas de los nervios desde que he llegado con todo ese rollo de los álbumes de fotos. Solo querías que saliera de la habitación.

—No, no quería, Jam. —Intenté sonreír—. Solo ha sido una cosa… rara… —Me quedé sin palabras.

Jam se acercó al ordenador.

—¿Qué cosa rara? —Sonrió, aunque sus ojos no acompañaban su sonrisa—. ¿En plan, un tipo raro que te ha pedido salir? ¿Qué le has contestado?

—¿Qué? No. Puaj. De ninguna manera. —¿Qué estaba diciendo Jam? Él sabía que yo no tenía el menor interés en citas y chicos y todas esas cosas.

—¿Entonces por qué…? —Los ojos de Jam se centraron en la ventana minimizada de la parte inferior de la pantalla—. ¿Por qué estás mirando una página de niños desaparecidos?

—¿Me prometes que no te reirás?

Asintió. Hice clic en la ventana minimizada. Martha Lauren Purditt apareció en pantalla. Jam dirigió la vista de ella a mi fotografía en el escritorio, junto al ordenador.

Frunció el ceño.

—¿Qué? —Sus ojos se abrieron de par en par—. No creerás que eres tú, ¿no?

Aparté la mirada, con las mejillas encendidas.

—No lo sé —susurré.

Levanté la vista. Jam estaba haciendo clic en un enlace marcado como «efecto de envejecimiento en fotos».

—¡Espera! —grité.

Demasiado tarde. Una nueva foto aparecía en pantalla, mostrando a Martha Lauren Purditt con el aspecto que tendría hoy. No quería mirarla y, sin embargo, no pude contenerme.

Era yo. Pero, al mismo tiempo, no lo era. La cara era demasiado larga y la nariz demasiado mona y respingona.

—Hmm —dijo Jam—. Cuesta decirlo, ¿verdad? O sea, sí que se parece un poco a ti, pero...

Mi corazón latía muy deprisa. Vale, así que él tampoco lo tenía claro. Pero, al menos, no se estaba riendo de mí.

No sabía si sentirme aliviada o decepcionada.

Sin mirarme, Jam volvió a la primera foto y pulsó el icono de impresión.

Cuando la impresora escupió la página, Jam la levantó para enseñármela.

—Es como un póster de «desaparecido» —me dijo—. Y mira, aquí abajo hay un número de teléfono. Tal vez deberías llamar y...

—¡No! ¡Ni hablar!

Me levanté de un salto y le arranqué el papel de las manos. Todo estaba yendo demasiado rápido. Jam estaba siendo demasiado práctico, demasiado lógico.

—Necesito tiempo para pensar —le dije.

CHICA DESAPARECIDA

—Tranquilízate, Cerebro de Láser. —Jam puso los ojos en blanco, como hace cuando su madre y sus hermanas empiezan a gritarse—. Solo quería ayudar. ¿No quieres averiguar si eres tú de verdad?

—Tal vez. —Me encogí de hombros. La verdad era que no lo sabía. Ya no sabía qué quería.

—Supongo que tu madre y tu padre podrían saberlo. —Jam inclinó la cabeza y estudió la foto.

—No se la voy a enseñar —jadeé.

—Sí. Probablemente no sea buena idea.

—¿Qué quieres decir?

—Bueno —vaciló Jam—. Si esa chica, Martha Lauren, eres tú, ¿cómo crees que ocurrió? O sea, cuando tenías tres años, ¿cómo pasaste de estar en Estados Unidos, en septiembre, a estar en Londres para Navidad?

Negué con la cabeza. Confiaba en que Jam empezara a hacer todas las preguntas prácticas. Ni siquiera me entraba en la cabeza la idea de que yo pudiera ser una persona completamente distinta.

—Piénsalo, Cerebro de Láser —sonrió Jam débilmente—. Los niños no desaparecen porque sí. A lo mejor te secuestraron.

—¿Qué tiene eso que ver con mi madre y mi padre? —pregunté.

Jam respiró hondo.

—Creo que tienes que considerar la posibilidad de que tus padres estuvieran implicados de algún modo.

3. El secreto

Estaba segura de que Jam se equivocaba. Mamá y papá eran entrometidos, pesados y... ¡viejos! Pero era imposible que hubieran hecho algo tan malo e ilegal como secuestrar a una niña.

Y aun así... cuando alguien te planta una idea en la cabeza, ahí se queda. ¡No puedes olvidarte de ella!

¿Era yo Martha Lauren Purditt?

No paraba de darle vueltas. Guardaba bajo el colchón el cartel de «desaparecida» que Jam había imprimido. Lo sacaba todas las noches y lo leía una y otra vez hasta que me aprendía cada línea del rostro de aquella niña, cada fecha, cada detalle de su vida. Pero tampoco es que tuviera suficiente información como para poder descubrir nada.

Varias veces estuve a punto de llamar al número que aparecía en la parte inferior del póster. Pero nunca tuve el valor de hacer la llamada. ¿Qué iba a decir? «Hola. Creo que podría ser una chica desaparecida de su web,

CHICA DESAPARECIDA

solo que con otra fecha de nacimiento y otro nombre de pila... Ah, y de otro país».

Se reirían de mí. También lo haría la policía.

Pasó una semana. Jam juró que no se lo diría a nadie. Era nuestro secreto. Pero me ardía por dentro como una de esas velas trucadas de cumpleaños que no se pueden apagar.

Y entonces, por accidente, me enteré de algo que lo cambió todo para siempre...

Papá tenía algo así como un hábito cuando llegaba del trabajo. No le gustaba que nadie le hablase mientras se cambiaba y se servía una copa. Luego, él y mamá cenaban antes de que papá se quedara dormido viendo la televisión.

Siempre me estaban dando la lata para que cenara con ellos. Normalmente, era lo último que quería, pero servía para que mamá me dejara tranquila. ¡Y molestaba muchísimo a Rory!, que tenía que irse a la cama antes de que cenáramos.

Aquella noche, Rory apareció en la puerta justo cuando mamá estaba poniendo una gran cazuela sobre la mesa.

—Mamá, todavía tengo hambre —se quejó.

Papá puso los ojos en blanco. Le molestaban mucho las formas de llamar la atención de Rory. Podía ver cómo se preparaba para decir algo. Pero mi padre no es que funcionara exactamente a la velocidad de la luz.

Pero mamá, con lo estricta que era cuando se trataba de mis horas de acostarse, ya se había puesto de parte de Rory:

—No puedo dejar que se vaya a dormir con hambre, Dave.

Y antes de que papá pudiera decir nada, ella ya había dado una fruta a Rory y lo estaba haciendo salir por la puerta.

Papá se quedó mirando la cazuela como si esperara que el guiso que había dentro saltara de algún modo a su plato.

—Lo está malcriando —murmuró en voz baja.

Sonreí para mis adentros. Papá era el maestro supremo de los comentarios descaradamente obvios. Era contable, se le daban bien los deberes de Matemáticas, pero las palabras le costaban un poco más.

Por lo que su siguiente frase resultó asombrosa, extraordinariamente increíble:

—Tu madre me ha dicho que has estado preguntando por tu... por cuando eras pequeña —dijo.

Casi me atraganto con la rebanada de pan con mantequilla que me estaba metiendo en la boca.

—¿Y bien? —Papá se puso reflexivo. No resultaba fácil verle la cara seria, ya que tenía una fisonomía amable, era bajito, calvo, y tenía las mejillas redondas y sonrosadas.

Podía sentir el calor que me subía por el cuello. Aparté la mirada y asentí.

Papá carraspeó.

CHICA DESAPARECIDA

—Creo que... —dijo. Larga pausa.

Venga, papá. Antes de que nos muramos de viejos los dos. Por favor.

—Creo que si tienes edad para preguntarlo, también...

En ese momento, volvió a entrar mamá. Echó una mirada a mi cara ruborizada y supe que sabía lo que pasaba.

—¿Edad para preguntar qué? —dijo.

Papá murmuró algo totalmente incoherente. Mamá se puso las manos en las caderas.

—Creía que estábamos de acuerdo, Dave —dijo con voz amenazadora.

La atmósfera de la habitación se volvió más tensa que mi pelo cuando me hago una coleta.

Eché la silla hacia atrás y me levanté, con los puños apretados. Si no iba a dejar que papá me hablara, ya podía irse olvidando de que me comiera su maldito guiso.

—Siéntate, Lauren —me espetó mamá.

La ira subió desde mi estómago.

—¡No! —le grité—. ¿Quién te ha puesto al mando? ¿Por qué siempre te crees que sabes lo que es mejor para los demás?

La cara de mamá se contrajo.

—Siéntate y come. Ahora.

Me brotaron lágrimas de rabia y frustración. ¿Cómo se atrevía a darme órdenes así, como a una niña pequeña?

—¡No me pienso sentar! —grité—. ¡No puedes decirme lo que tengo que hacer! ¡No eres mi madre!

Salí corriendo de la cocina, dando un portazo. Las lágrimas fluían por mi cara mientras corría por el pasillo, en dirección a la escalera y a la intimidad de mi habitación.

Rory estaba sentado en el último escalón, mordisqueando una manzana.

—¿Por qué estáis gritando todos? —dijo.

Me detuve justo ante él y respiré hondo. Me temblaban las manos mientras me limpiaba la cara.

—Quítate de en medio —murmuré.

—¿Quieres ver un choque de trenes marciano? —Rory abrió la boca y sacó una lengua llena de puré verde claro.

Cerré los ojos. ¿Qué había hecho yo para merecerme una familia tan terrible? Seguro que la familia de Martha Lauren Purditt no era así. Podía imaginármelos: madre comprensiva y elegante; padre sensible y amante de la diversión; y ni rastro de un hermano o hermana.

El ruido de las furiosas voces de mamá y papá llegó hasta la escalera.

Rory bajó un par de escalones hacia mí, arrastrando los pies.

—¿Mamá y papá se van a divorciar? —dijo.

—Sí —escupí—. Están discutiendo sobre cuál de los dos va a tener que quedarse contigo.

Rory volvió a sacarme la lengua, pero no dijo nada. Segundos después, se fue a su habitación dando pisotones.

Los gritos eran cada vez más fuertes, el chillido agudo de mamá atravesaba el estruendo atronador de papá.

CHICA DESAPARECIDA

Y entonces oí mi propio nombre. Volví a cruzar el pasillo, intentando distinguir lo que decían.

—¡Deja de gritar! —chillaba mamá—. ¡Esto es culpa tuya! Me prometiste...

—¡Por Dios! —gritó papá—. Solo digo que no podemos ignorarla si nos lo pregunta.

Nunca lo había oído tan enfadado. O sea, discutían todo el tiempo, pero casi siempre por cosas triviales, como que papá trabajaba demasiado. Esto era distinto.

Me estremecí y me acerqué sigilosamente a la puerta de la cocina.

Hubo unos segundos de silencio. Luego mamá volvió a hablar. Su voz parecía más tranquila, casi suplicante.

—Es demasiado joven. Todavía tiene la cabeza llena de deberes y... y... de canciones pop.

Sí, claro, mamá. Me conoces tan bien...

—Entonces, ¿por qué está tan enfadada? —dijo papá—. ¿Por qué ha estado haciendo preguntas?

—Una tontería de trabajo del colegio la habrá puesto nerviosa. Pero ya se le pasará.

Hubo una pausa.

—O sea, esperas que se le pase.

Hubo una pausa más larga. Entonces pude oír a mamá sorbiéndose los mocos. Su voz sonaba apagada.

—Si le contamos algo, querrá saber el resto.

Papá murmuró algo que no pude captar.

—Lo sé, pero aún no —dijo mamá—. Cuando tenga dieciséis años, le enseñaré mis diarios. Eso le dará algo de contexto.

Oí pasos que se acercaban a la puerta y me escabullí escaleras arriba. El corazón me latía a toda velocidad. La «adopción cerrada» era una farsa. ¡Sí que sabían algo sobre mi vida anterior!

Se me hizo un nudo en el estómago. ¿Qué podía ser tan terrible para que creyeran que yo no podría soportarlo? ¿Tendría algo que ver con Martha Lauren Purditt?

Me tumbé en la cama, con una sola certeza. No pensaba esperar a tener dieciséis años para leer los diarios de mamá.

4. Marchfield

Al día siguiente, a la hora del comer, Jam y yo estábamos en la calle, comprándonos el almuerzo. La escuela solo nos deja salir a la calle en el descanso a partir de tercero de secundaria. Solo hacía tres semanas que empezó y mamá ya se estaba quejando de que comía porquerías y de que me gastaba demasiado dinero.

Le conté a Jam lo de los diarios mientras esperábamos a que nos atendieran en la pizzería para llevar.

—¿Por qué no los lees? —dijo.

—Porque mamá guarda todas sus cosas viejas en el ático, en baúles cerrados con llave.

Una ráfaga de viento me azotó las piernas cuando un grupo de chicas de otro colegio cruzó la puerta para entrar en la pizzería. Se quedaron de pie, juntas, en el extremo opuesto del mostrador, riéndose de algo del menú.

Jam pidió lo de siempre: una pizza de jamón y piña con doble de pepperoni, como me gusta a mí. Luego nos sentamos a esperar nuestra *pizza* en el banco metálico de la esquina.

—Pues agarra las llaves y sube —dijo.

Me quedé mirándolo. Jam siempre consigue que todo parezca tan fácil...

—¿Y mamá? —dije—. Necesitaré a alguien que la entretenga durante al menos una hora.

Jam frunció el ceño.

—¿Nunca sale de casa?

—No mucho. —Era cierto. Aunque papá no suele llegar hasta las nueve o así, mamá trabaja desde casa y también se pasa la mayor parte de los fines de semana y las tardes en su oficina.

No es precisamente una fiestera.

Al cabo de unos minutos, Jam se acercó al mostrador para ver dónde estaba nuestra *pizza*. Mientras esperaba, una de las chicas del otro colegio se le acercó. Era muy atractiva, llevaba el pelo rubio de punta y la falda del colegio muy ceñida a las piernas.

—Mi amiga cree que estás muy en forma —dijo señalando con el pulgar a una pelirroja bajita que estaba en el grupo de chicas.

Sonreí mientras Jam se sonrojaba. Siempre se le insinuaban las chicas. Creo que es bastante guapo. Alto, con facciones simétricas y una preciosa piel suave y dorada.

La rubia descarada se puso la mano en la cadera.

CHICA DESAPARECIDA

—¿Quieres salir con ella? Está libre mañana por la noche —dijo. Hubo un estallido de risitas entre el grupo al otro lado del mostrador.

Jam sonreía, intentando ser amable mientras le decía que no. Parecía muy avergonzado. Justo entonces, el señor del bar nos trajo la *pizza*.

Me levanté, fui a por la caja y luego me volví hacia la chica.

—Lo siento —agarré el brazo de Jam—, pero mañana por la noche está ocupado.

Salí de la tienda y solté a Jam justo cuando oí un coro de sarcásticos «oooooh» a mi espalda. Volví a sonreír para mis adentros.

Era curioso lo mucho que nos parecíamos Jam y yo. No nos interesaba salir con nadie, solo queríamos ser amigos. Bueno, amigos el uno del otro.

Jam me alcanzó, ya que ya había empezado a andar por la calle.

—¿A qué te referías con lo de mañana por la noche?

Le sonreí.

—Esperaba que me ayudaras a deshacerme de mamá para poder leer los diarios.

Mi plan era simple. Carla, la madre de Jam, siempre estaba diciendo que ella y mi madre deberían conocerse, ya que Jam y yo éramos tan buenos amigos. Así que esa tarde, después del colegio, le preguntaría si le iba bien que mi mamá la visitase al día siguiente.

—Le gustaría mucho conocerte —mentí.

Carla se mostró tan entusiasta como de costumbre, aunque algo imprecisa:

—¡Qué bien! Pero, cariño, dile que venga antes de las siete, que es cuando empiezo a atender a clientes.

Por supuesto, mamá no quería ir. En parte, porque odia ir a cualquier sitio. Y en parte, porque cree que la madre de Jam está totalmente chalada. Y la verdad es que tiene razón, pero esa es otra historia.

—¿Qué significa «antes de las siete»? —me dijo mamá—. ¿Y si están tomando el té cuando llegue?

Suspiré.

—No «toman el té». La gente entra y sale cuando quiere, agarran la comida y se van. Venga, mamá, por favor. Me moriré de vergüenza si no vas.

Mamá acabó accediendo.

Calculé que Carla entretendría a mamá por lo menos una hora. Tiempo de sobra para que yo encontrara los diarios en el desván y les echara un buen vistazo.

Mamá salió de casa a las cinco y cuarto del día siguiente, todavía refunfuñando y recordando que Rory no debía tomar chocolate antes de la cena. Diez minutos después, Jam llamó desde su casa.

—Ha llegado el paquete —dijo.

Solté una risita.

—No te olvides de llamarme en cuanto vuelva a salir —dije.

En cuanto Jam colgó, bajé corriendo a la cocina para hacerme con todo el chocolate que pude cargar. Subí jadeando las escaleras y entré en la habitación de Rory. Su carita regordeta estaba inclinada sobre su videoconsola portátil. Jam, en un heroico gesto de amistad, le había prestado su juego *Legends of the Lost Empire*.

—Toma. —Le lancé las chocolatinas—. Y cállate.

Agarré mi móvil y entré en el despacho de mamá. Todas sus llaves colgaban ordenadamente en una hilera de ganchos detrás del escritorio. Me metí en el bolsillo el juego marcado como «desván». Luego corrí a la habitación de mis padres, desplegué la escalera del desván y subí.

No es más que una suposición, pero me imagino que todo el mundo tiene el desván un poco desordenado. Bolsas de basura, restos de trastos viejos, maletas...; ese tipo de cosas.

Pero el nuestro no.

Mamá lo tiene todo organizado en baúles. Baúles etiquetados. «Ropa», «Escuela», «Universidad», «Cartas». Ah, ahí estaba: «Diarios».

Me temblaban las manos mientras jugueteaba con las llaves, probando una tras otra en la cerradura. Por fin, una de las llaves giró con un satisfactorio clic. Abrí el baúl y ojeé en su interior las hileras pulcramente apiladas de cuadernos negros. Estaban etiquetados por trimestres: «ene-mar», «abr-jun», y así sucesivamente.

Todo asquerosamente bien organizado.

Rebusqué y encontré el año en que me habían adoptado. Escogí «sept-dic»: los tres meses que abarcaban la desaparición de Martha y mi propia adopción.

Con el corazón a cien, repasé las páginas en busca de mi nombre.

Había referencias a mí en «25 sept» y «30 sept». Pero en ese momento aún no me habían conocido, solo se me citaba. Así que seguí leyendo...

> *7 de octubre. Hemos conocido a Lauren en Marchfield. ¡Me ha sonreído! Bueno, creo que fue una sonrisa. Dave dijo que era más bien una curvatura accidental del labio. Lauren no sonríe mucho. Es normal, supongo. Con Sonia Holtwood de por medio, todo está muy tenso, y estoy segura de que ella lo percibe.*

Dejé el diario. Por primera vez desde que había encontrado la información sobre Martha Lauren Purditt en la red, no estaba segura de querer saber más. Se me hizo un nudo en el estómago. ¿Quién era Sonia Holtwood? ¿Y en qué se habían metido exactamente todos ellos?

Me quedé sentada unos instantes, con el diario en el regazo.

Luego volví a abrirlo. Ya era demasiado tarde para dar marcha atrás.

14 de octubre. No me atrevo a tener esperanzas. No quiero llevarme otra decepción...

20 de octubre. El mal carácter de Sonia es increíble. Pero vamos a seguir adelante de todos modos. Nada va a impedir que consigamos a Lauren. Nada.

30 de octubre. Lauren. Mi Lauren. Después de tanto tiempo, ¡está sucediendo de verdad! La traeremos a casa desde Marchfield en dos días.

Eso fue todo. No había nada más sobre Sonia o Marchfield. Solo un montón de cosas sobre cómo era cuando me trajeron a casa.

Entonces, ¿qué era y dónde estaba Marchfield? Eché un vistazo a la parte posterior de la agenda, a una funda de plástico transparente que contenía unas tarjetas de visita. La vi al instante: una tarjeta amarillenta con las palabras «Agencia de Adopción Marchfield» grabadas en relieve en el anverso.

De repente, alguien llamó al timbre de la puerta, con un largo chirrido continuo.

Me levanté de un salto y corrí hacia la trampilla.

—Hola, Jam —le oí decir a Rory.

—¡Lauren! ¡Está a punto de llegar! —El grito de Jam resonó con urgencia desde el vestíbulo.

Me metí en el bolsillo la tarjeta de visita de la Agencia Marchfield, volví a meter el diario en el baúl y bajé corriendo por la escalera. Jam entró en el dormitorio de mamá y papá a tiempo para ayudarme a empujar la escalera de nuevo hacia el ático. Encajó en su sitio justo cuando se cerró la puerta principal.

—¡Ya estoy en casa! —gritó mamá.

—¿Por qué no me has llamado? —le dije a Jam, mientras volvía a colocar cuidadosamente las llaves en su gancho.

—Lo he hecho. Todo el rato me saltaba el buzón de voz. He tenido que venir corriendo, por el camino más largo.

Comprobé el móvil: ¡estaba en modo avión!

Rory estaba de pie en la puerta del estudio, sonriéndome.

—Te he puesto el modo avión mientras buscabas el chocolate —dijo.

—Pero serás… —Me abalancé sobre él, pero se me escapó de las manos.

—Si me haces algo, le diré a mamá que estabas mirando sus cosas —dijo.

Me quedé mirándolo.

—Muy bien. —Ya encontraría otra forma de vengarme.

Bajamos la escalera. Mamá no se dio ni cuenta de cómo Jam se iba de la casa disimuladamente. Estaba de buen

CHICA DESAPARECIDA

humor, haciendo ruido por la cocina. Sospeché que Carla le había dado algo más fuerte que una taza de té para beber.

—Totalmente caótica —dijo mamá—. Pobre Jam. Viven en un absoluto desorden. La verdad, a su casa tampoco le vendría mal una limpieza a fondo. Pero, claro, Carla está demasiado ocupada con sus chorradas de hipnoreflexología-mira-el-color-de-tu-aura.

Asentí sin hacerle caso. Seguía pensando en la tarjeta de visita de Marchfield que llevaba en el bolsillo. Me escabullí de la cocina y subí a mi habitación.

Con las manos temblorosas, saqué la tarjeta:

Taylor Tarson, director
Agencia de Adopción Marchfield
11303 Main Street
Marchfield, Vermont, EE. UU.

Estados Unidos. ¿Me adoptaron en Estados Unidos?

El cartel de «desaparecida» de la web me vino a la mente. Martha Lauren también era americana. Se me puso la piel de gallina y un escalofrío me recorrió la espalda.

Cada vez estaba más cerca de la verdad.

Una parte de mí quería volver corriendo escaleras abajo, irrumpir en la cocina y enfrentarme a mamá con lo que había averiguado. Pero ¿de qué iba a servir?

«Es demasiado joven».

Mamá seguiría sin contarme nada. Además, se pondría como loca si supiera que había estado husmeando en sus diarios. Fuera lo que fuese lo que iba a averiguar en la Agencia de Adopciones Marchfield, tendría que averiguarlo sola.

5. Carla

La última semana de septiembre fue calurosa y soleada. Con ese clima, prefería estar en casa de Jam que en la mía. La hierba de su jardín trasero estaba siempre larga y suave, perfecta para tumbarse. El día después de haber leído los diarios de mamá, nos relajamos allí después del colegio. Calculé que podríamos estar en el jardín al menos una hora antes de que mamá me llamara para exigirme que me fuera a casa a hacer los deberes.

Me adelanté y me senté en la hierba. Jam salió de la cocina con un racimo de plátanos, tres salchichas veganas y varios paquetes de galletas.

—¿A qué distancia están Marchfield y Evanport? —preguntó, abriendo uno de los paquetes de galletas.

—No muy lejos, lo he mirado en Internet y solo están a unos centímetros el uno del otro. —Incliné la cara hacia el sol—. Aunque están en estados distintos.

Jam colocó cuidadosamente una salchicha vegana entre dos galletas integrales.

—¿Qué vas a hacer? —dijo.

—No lo sé —suspiré.

¿Qué opciones tenía? No podía hablar con papá y mamá. Y ya sabía que ninguna agencia de adopción me iba a contar nada sin su aprobación.

Marchfield ni siquiera estaba en mi país.

Mirara donde mirara, era un callejón sin salida.

Arranqué un plátano del racimo y empecé a pelarlo.

—¿Esa es tu merienda?

Me encogí de hombros. No sé por qué hay gente a la que no le gusta la fruta, a mí me encanta.

Jam se estiró sobre la hierba, mordisqueando su bocadillo de salchichas y galletas.

—¿Sabes, Lauren? Es una pena que no puedas recordar todo eso de tu adopción. Nos ahorraría muchísimo tiempo.

Me quedé mirándolo. Por alguna razón, nunca se me había ocurrido que el único lugar donde podía encontrar todas las respuestas a mi pasado era en mi propia cabeza.

La puerta principal se cerró de golpe. Jam se incorporó y gimió.

—La lunática ha vuelto a entrar en el manicomio.

Un minuto después, Carla asomó su melena rizada por la puerta trasera.

—Ya he vuelto de mi examen de colon, queridos.

Me sonrojé.

—Qué asco, mamá. —Jam hizo una mueca—. Demasiada información.

Carla salió al jardín y se estiró el pelo.

—No seas tan estirado, cariño. Seguro que Lauren ya ha oído hablar de esas cosas. ¿Y vosotros qué hacéis? —Sus ojos centellearon.

La cara de Jam se puso roja.

—Hum..., uh... —murmuró.

Carla me guiñó un ojo.

—Para que lo sepáis —dijo—, tengo un cliente a las siete y media, ¡necesitaré silencio absoluto!

Volvió al interior.

Jam se dejó caer de nuevo sobre la hierba.

—¿Podría hacerme pasar más vergüenza? La semana pasada, la pillé contándole a ese profesor nuevo cómo le había desbloqueado la energía a una señora a través del dedo gordo del pie.

Solté una risita.

—Suena doloroso —dije. De repente, abrí mucho los ojos—. ¿Y si tu madre pudiera ayudarme a recordar mis primeros años de vida? O sea, todo eso que hace, renacimiento, reflexología, hipnoterapia, a lo mejor...

—Ni hablar. —Jam me miró fijamente—. Mi madre está como una cabra.

—Venga, Jam —le insinué—. Vale la pena intentarlo. Puede que me ayude.

—Que te ayude a volverte loca, querrás decir.

No hubo forma de convencerlo, así que entré en la cocina yo sola. Carla estaba de pie junto a un armario, sacando una bandeja del horno.

—¿Puedo preguntarte una cosa? —le dije.

—Claro. —Me indicó que me sentara y me puso delante un cuenco lleno de un lodo aceitoso y anaranjado.

La última vez que estuve allí, Carla había hecho hamburguesas vegetarianas con forma de partes del cuerpo. Teníamos que adivinar qué partes eran. «Un poco de deberes de Biología, queridos».

Me pregunté qué sería el lodo del cuenco.

—Humus casero —anunció Carla, dándome una cuchara de madera—. Venga, remueve.

Agarré la cuchara y la miré, vacilante.

—¿Así que has estado pensando en tus padres biológicos? —dijo Carla, sentándose a mi lado.

Se me cayó la mandíbula al suelo.

—¿Jam te ha dicho algo…?

—Oh, por el amor de Dios. —Carla sacudió la cabeza con tanta fuerza que todos sus rizos encrespados temblaron—. Es un hombre. Fuerte y silencioso, que Dios lo bendiga. No, fue doña Maricomplejines.

Por un segundo, no tuve ni idea de a quién se refería. Luego, mis ojos se abrieron de par en par.

—¿Mi madre te lo contó? —dije, incrédula.

—No exactamente. —Carla se sacudió los brazaletes—. Pero me gano la vida con mi intuición. Puedo ver las señales.

Removí el viscoso humus anaranjado con la cuchara de madera.

—¿Qué señales?

Carla hizo un gesto vago con la mano.

—Oh, cariño. La cuestión es la siguiente: ¿cómo puedo ayudarte?

Podía sentir cómo se me sonrojaba la cara. Me encantaba la forma en que Carla trataba a los niños como adultos, pero la verdad era que me daba un poco de respeto. Era tan distinta de mi madre...

Respiré hondo. Entonces todo salió de golpe:

—Me preguntaba si podría hipnotizarme y así podría averiguar cosas sobre mi verdadera madre, mi verdadera familia. Sobre antes de que me adoptaran.

Carla arqueó las cejas.

—¿Y qué crees que opinaría de eso doña Maricomplejines?

Me sonrojé.

Carla me miró fijamente. Parecía indecisa, dudosa de qué hacer.

—Supongo que podría ponerte en un estado de relajación profunda —musitó.

Le devolví la mirada, un poco confundida. Lo que me había parecido de lo más obvio, bajo el resplandor del sol de la tarde, ahora me parecía algo insensato. Incluso aterrador.

Abrí la boca para decir que quizá no era tan buena idea, pero Carla saltó impulsivamente.

—Venga, vamos allá. Si vamos a hacerlo, hagámoslo ahora.

Mi corazón dio un salto.

—¡No! —chillé—. Ahora no. Aún no.

Carla se echó el pelo hacia atrás.

—Mejor ahora que cuando hayas tenido la oportunidad de crear bloqueos internos. Venga.

Salió a zancadas de la cocina. No tuve más remedio que seguirla.

6. El recuerdo

Me di cuenta de que estaba en un buen lío cuando Carla empezó a presentarme unas velas.

—Esta es Evie, esta es Elsie y este es Tom —dijo señalando tres robustas bolas de cera, colocadas en platillos sobre un estante bajo—. La habitación donde estamos, la Sala de la Absoluta Armonía, es el hogar de sus llamas espirituales, que se sienten atraídos por el fuego. Deja que sus espíritus te envuelvan, que te lleven a otro espacio y tiempo.

La Sala de la Absoluta Armonía de Carla —o Sala de la Absoluta Tontería, como la llamaba Jam— estaba en la parte superior de la casa, un ático reconvertido. Había una ventana diminuta y las paredes se inclinaban hacia el suelo por ambos lados, lo que le daba a la habitación un ambiente acogedor y sombrío.

Los ruidos de la planta baja —la televisión y las hermanas de Jam discutiendo— desaparecieron cuando Carla cerró la puerta. Me indicó que me sentara en una de las sillas bajas con cojines morados del rincón.

—No pongas esa cara de nervios —sonrió—. No voy a lavarte el cerebro.

—¿Qué vas a hacer? —dije. Me arrepentía totalmente de haberle preguntado. ¿En qué estaba pensando? No quería que nadie hurgara en mi cerebro, que viera todos mis pensamientos secretos, sobre todo la excéntrica madre de Jam.

—Te lo dije. Voy a ponerte en un estado de relajación profunda en el que podrás recordar cosas que están enterradas muy profundamente en tu psique.

—¿Sabré lo que estás haciendo? —pregunté.

—Por supuesto. Solo te voy a ayudar a relajarte. Tú tendrás siempre el control.

Me senté de nuevo en una de las sillas y Carla empezó. Me hizo imaginar que estaba tumbada panza arriba en un campo vacío.

—Siente el tacto de la hierba bajo tus manos; huele el aire dulce y fresco…

Suena raro, lo sé. Pero en realidad era bastante divertido. Después de un rato, me empecé a relajar.

Carla carraspeó. Sus brazaletes tintineaban como campanillas de viento.

—Voy a contar hacia atrás desde diez —dijo en voz baja y relajante—. Con cada número, vas a soltarte, sentirás que tu cuerpo se hunde en un sueño profundo. Pero tu conciencia superior permanecerá despierta y alerta. Diez. Nueve. Ocho...

Con cada número, mi cuerpo se hundía más y más en la silla. Me sentía deliciosamente suave y relajada.

—... Tres. Dos. Uno.

Todo mi cuerpo se hundió profundamente en la silla. Era una sensación rarísima. Mi cuerpo parecía dormido, pero yo estaba totalmente despierta.

—Bien, bien. —La voz de Carla era un suave zumbido—. Ahora tienes tres años. ¿Qué ves?

Al principio no me venía nada. Intenté imaginarme que tenía tres años: ositos de peluche, piscinas de bolas, muñecas... Nada.

Madre mía, aquello era una pérdida total de tiempo.

Dejé de intentarlo y me limité a notar el tacto de la silla.

Entonces, sin previo aviso, una imagen apareció en mi cabeza. Yo era pequeña, muy pequeña. Tenía un cubo de plástico rojo en la mano. El suelo era amarillo y se movía bajo mis pies.

—¿Dónde estás ahora? —dijo Carla.

Movía los dedos de los pies en la arena. Estaba en una playa y el sol brillaba. El mar rugía tras mi espalda. Yo saludaba a una mujer que estaba un poco más alejada de la orilla. El sol se reflejaba en su pelo, en su vestido blanco. Parecía un ángel, pero era real. Me saludó y se rio. Luego se dio la vuelta y corrió hacia unas rocas. Su larga melena negra le caía por la espalda. Dejé caer el cubo. Tenía que seguirla, encontrarla, ver su cara.

—Lauren, Lauren.

Cuando la voz de Carla me devolvió al presente, la mujer de mi recuerdo se desvaneció. Me inundó una terrible y anegada sensación de pérdida.

—Voy a contar hasta diez —dijo Carla—. Con cada número, tu cuerpo se irá despertando. Cuando llegue a diez, estarás completamente despierta.

—... Ocho. Nueve. Diez.

Abrí los ojos. Estaba de nuevo en la Sala de la Absoluta Armonía. Evie, Elsie y Tom parpadeaban desde su estantería.

Sentía un peso aplastante en el corazón.

Carla sonrió alentadora.

—¿Cómo te sientes? —me preguntó.

La respuesta hubiera sido vacía, triste y sola.

—Bien —dije—. No ha pasado nada.

Carla se alborotó el pelo.

—No importa, cariño. Siempre podemos volver a intentarlo en otra ocasión.

Abracé el recuerdo para fijarlo en mi mente. Yo era Martha. Y la mujer morena de la playa era mi verdadera madre. No tenía pruebas, pero, en el fondo del corazón, estaba segura.

No podía dejar de pensar en ella. Antes había querido conocer mi pasado. Ahora necesitaba conocerlo.

CHICA DESAPARECIDA

Me pasé casi toda la noche despierta, intentando decidir qué hacer. Todo me dirigía a la Agencia Marchfield. Lo comprobé en Internet: seguía en Vermont. Taylor Tarsen aún era el director.

Sabía que aún tendrían guardado mi expediente de adopción. Seguramente, contendría pistas sobre lo que había ocurrido.

Sí, ese expediente era mi punto de partida. Y si la agencia no me lo iba a facilitar, tendría que ir a Marchfield y echarle un vistazo por mí misma.

Costase lo que costase.

7. Vacaciones

Rory estaba en el salón, dando vueltas con una espada de juguete. Su obsesión de entonces era *Legends of the Lost Empire*. No solo la película, que papá ha tenido que llevarlo a ver tres veces, sino también el libro —audiolibro, obviamente— y el juego para PC. Incluso teníamos que comprar esos cereales repugnantes para que pudiera coleccionar todos los muñecos de plástico de *Legends of the Lost Empire*.

—Enséñame tus movimientos, Rory —le dije.

Los ojos de Rory se entrecerraron.

—¿Por qué?

—Venga —sonreí—. Quiero verlos. ¿Quién eres ahora? ¿El *troll*?

Rory me lanzó una mirada de absoluto desprecio.

—Los *trolls* no llevan espadas. Soy Largarond, el rey elfo de Sarsaring. —Levantó la espada por encima de su cabeza—. Este es él en modo asesino.

—¡Fantástico! —me entusiasmé—. Lo haces genial.

Rory no dijo nada. Pero, cuando volvió a hacer el gesto, una sonrisa se curvó en su boca.

Me senté y lo observé durante más o menos un minuto. Sentí una punzada de culpabilidad por lo que estaba a punto de hacer. Pero entonces me recordé cómo Rory había puesto deliberadamente mi teléfono en modo avión el otro día.

Se merecía lo que le iba a pasar.

Me lancé a por él.

—Acaban de inaugurar una atracción impresionante de *Legends of the Lost Empire* en el parque temático Fantasma —le dije.

Rory detuvo su espada a medio blandir.

—¿Cómo es? —dijo.

—¡Alucinante! —Sabía que la atracción existía, pero no tenía muy claros los detalles concretos. Pensé rápido—. Hay un bosque grande y oscuro, y lo atraviesas muy rápido, dando vueltas. Y… y si estás sentado en la parte delantera, puedes luchar contra todos los personajes principales.

Rory frunció el ceño.

—Pero los personajes principales deberían estar todos luchando contra el ejército de *trolls* y las hordas de *goblins* de Nanadrig.

—Lo hacen —dije rápidamente—. Me refiero a que estás con todos los personajes principales, luchando contra los malos. Me lo contó Jam. Dice que es una pasada.

Aunque esté mal que lo diga yo, eso último fue muy inteligente por mi parte. Rory adora a Jam. Y cualquier cosa que Jam considere genial Rory también quiere hacerla.

—Quiero subir a la atracción —dijo Rory, abalanzándose hacia delante con su espada.

—Bueno, tendrás que preguntarle a mamá —dije, intentando ocultar una sonrisa—. El parque temático Fantasma está en Estados Unidos.

Estaba en New Hampshire, para ser exactos, cerca de la capital del estado, Concord. Había pasado toda la tarde anterior buscando un destino de vacaciones que estuviera lo más cerca posible de Vermont. Fantasma era perfecto: un nuevo parque temático especializado en atracciones relacionadas con historias de fantasía. Un mundo al estilo de los cuentos de hadas, además de una atracción totalmente nueva que celebraba el éxito masivo de la película, libro y repugnante franquicia *Legends of the Lost Empire*.

Una vez solucionado el tema de Rory, el siguiente paso era mamá. Le recordé despreocupadamente que llevaba meses diciendo que deberíamos irnos de vacaciones en familia.

—Lo sé, pero este año queremos comprarnos un coche nuevo —dijo mamá—. No podemos permitirnos eso y también unas vacaciones.

—Pero unas vacaciones en las que podamos estar todos juntos son más importantes —le dije—. ¿A quién le importa si nuestro coche es un poco viejo?

Mamá enarcó las cejas.

—Bueno, *tú* te quejaste la última vez que vine a recogerte de una fiesta. Dijiste que era tan viejo que te daba vergüenza. Y también dijiste que eso hacía que te recordara a mí.

—Siento haber dicho eso —murmuré—. Me comporté como una idiota. Es solo que, bueno, no tendremos muchas más vacaciones en familia, ¿no? O sea, pronto seré demasiado mayor. ¿No quieres aprovecharlas al máximo mientras yo todavía quiera venir?

Ella me miró. Y supe que lo había conseguido.

El resto fue fácil. Entre que Rory no paraba de hablar de la atracción de *Legends of the Lost Empire* y yo de citar pasajes enteros de la web de turismo de New Hampshire sobre la extraordinaria y sublime belleza del paisaje otoñal de la zona, mamá no tardó en convencerse de que un viaje a la costa noreste de Estados Unidos era la escapada ideal para las vacaciones de primavera.

—Aun así, va a ser caro —dijo sombríamente.

Ya estaba preparada para aquello.

—No tiene por qué —dije—. Lo he comprobado. Hay ofertas especiales en el parque temático. Y anoche Jam y yo estuvimos mirando vuelos baratos en Internet.

Mamá asintió, pensativa.

—¿Sabes, Dave? A todos nos vendrían bien unas vacaciones —le dijo a mi padre esa noche—. Hace dos años que no vamos a ningún sitio en familia.

Papá refunfuñó un poco sobre no sé qué de su paga extra de vacaciones. Pero estaba claro que, si mamá quería ir, él no iba a oponer mucha resistencia.

Les enseñé los vuelos que habíamos buscado con Jam.

—Tendremos que esperar un par de horas para cambiar de avión en Boston —dije—. Pero los vuelos son realmente baratos.

Nos había llevado siglos calcular todos los vuelos de conexión. Boston era el lugar grande más cercano a Vermont que había encontrado en el mapa. Mientras mamá y los demás esperaban su vuelo a New Hampshire, yo podría escaparme y tomar un vuelo de Boston a Burlington, en Vermont, y luego un autobús a Marchfield.

Solo necesitaba dinero. Durante los siguientes días, me dejé la piel haciendo recados para nuestros vecinos y todas las compras de comida para mamá.

Teníamos que volar el viernes por la mañana, muy temprano, el día que terminaba el semestre, perdiéndonos un día entero de colegio.

Jam vino a verme el martes anterior por la tarde. Yo estaba en mi dormitorio, preparando la mochila que me iba a llevar a Marchfield.

Supe que pasaba algo en cuanto Jam apareció en el umbral de la puerta. Tenía la cara roja y sujetaba tímidamente algo a su espalda.

—¿Qué pasa? —le dije.

Jam extendió la mano. En la palma, tenía dos maravillosos billetes de cien dólares.

—¿De dónde los has sacado?

Jam se encogió de hombros.

—Reparto de periódicos, cumpleaños… Además, mi abuela me ha ayudado un poco. Y estaba ahorrando para un ordenador.

Me mordí el labio. Sabía lo mucho que Jam quería un ordenador propio. Odiaba tener que compartir el PC con todas sus hermanas.

—Eres todo un amigo, Jam —le dije—. Te lo devolveré, lo prometo.

Sonrió.

—A lo mejor, cuando vuelvas…

En ese momento, mamá empezó a gritar abajo.

Salí corriendo de mi dormitorio.

—¡No puedes hacernos esto, Dave! —gritó mamá.

Me había dado cuenta de lo que pasaba antes de que mis pies tocaran el último escalón: papá decía que estaba demasiado ocupado en el trabajo para irse de vacaciones.

Efectivamente, mientras corría hacia la cocina, capté las palabras:

—Pero es el cliente más importante que ha tenido el bufete.

Mamá y papá me miraron.

Mamá se limpió las manos furiosamente con un paño de cocina.

—Díselo tú —me soltó.

Papá agachó la cabeza. Murmuró algo sobre la presión del trabajo y un nuevo gran contrato, pero yo no le escuchaba. ¡Había trabajado tanto para preparar este viaje! Y ahora papá nos decía que no podía ir...

Mamá me miraba, retorciendo el paño de cocina alrededor de su mano.

Cuando papá terminó de hablar, me volví hacia ella.

—Pero tú, yo y Rory aún podemos ir, ¿no? —dije.

La mandíbula de mamá se tensó.

—Si papá no viene, entonces no serán unas vacaciones familiares como Dios manda. —Lo fulminó con la mirada—. Así que no, no podemos ir.

—Pero... pero perderemos todo el dinero si lo cancelamos ahora. —No me lo podía creer. Simplemente, no podía creer que todos mis planes se estuvieran viniendo abajo.

Mamá frunció los labios.

—¡Esto es muy injusto!

Salí hecha una furia de la habitación. Los gritos empezaron de nuevo antes de que llegara a mi dormitorio. Cerré la puerta de un portazo y me derrumbé en la cama. Jam seguía allí, mirando por la ventana.

CHICA DESAPARECIDA

La mochila que ya había preparado estaba en un rincón. Podía ver el borde de mi bolso rosa asomando por el bolsillo delantero. Pensé en todo el dinero que había ahorrado y en Jam dándome también sus ahorros. Se me llenaron los ojos de lágrimas.

Jam se dio la vuelta. No hizo falta que le preguntara si se había enterado de lo ocurrido. Probablemente, lo habían oído tres calles más allá.

—Quizás podrías convencer a tu madre para que dejara que otra persona ocupara el lugar de tu padre —dijo—, así no se malgastaría el dinero.

Me quedé mirándolo. Parecía una posibilidad remota, pero merecía la pena intentarlo.

—¿Pero quién? —Fruncí el ceño. ¿A quién estaría dispuesta a acoger mamá en lugar de papá? ¿A un hermano o hermana, tal vez? Ella no tenía ninguno. ¿Quizá un amigo?

Jam me sonrió, como si estuviera esperando a que yo pillara una broma. ¡Y entonces caí en la cuenta! Volví corriendo escaleras abajo. Papá estaba saliendo por la puerta principal.

—¡Espera! —grité. Pero no se detuvo. Mamá estaba de pie junto al fregadero, frotando con fuerza una sartén ya reluciente. No se dio la vuelta cuando entré—. ¿Y si viene Jam en lugar de papá? —dije.

Mamá se frotó los ojos.

—No sé, Lauren. Se supone que son unas vacaciones familiares. Deberíamos reprogramarlas.

—No podemos. Como te decía, si las cancelamos a estas alturas, no recuperaremos nada del dinero. —Hice una pausa—. Oh, mamá, claro que hubiera sido mejor con papá, pero ya sabes lo responsable que es Jam. Puede ayudar de muchas formas.

Mamá dejó el estropajo y se giró para mirarme. Suspiró.

—Sé lo mucho que esperabas las vacaciones. Y tienes razón, Jam es muy maduro para su edad, aunque sea porque Carla le pone demasiado sobre los hombros. —Hizo una pausa—. Pero probablemente sea demasiado tarde para cambiar los billetes. De todas formas, puede que Jam no quiera venir.

—No es tarde y sí que quiere. —Cada músculo de mi cuerpo estaba tenso, listo para espantar sus argumentos como moscas.

Mamá suspiró.

—Vale, vale, pero… —Su cara se endureció—. ¿Y cómo nos apañaremos para dormir? —dijo, con los pómulos sonrosados—. Es decir, tienes catorce años y Jam acaba de cumplir quince. No quiero…, o sea, no voy a dejar que…

Miré al suelo, notando el calor que subía por mi garganta y mi cara.

—Mamá —dije con voz ronca—. No es eso. Jam y yo solo somos amigos.

Mamá se puso las manos en las caderas.

—¿Eso es lo que piensa Jam?

CHICA DESAPARECIDA

—Por supuesto. De todos modos, dormiré contigo. Jam puede dormir con Rory. A Rory le encantará.

—Vale —dijo al fin—. Llamaré a la madre de Jam.

8. Estados Unidos

Ya tenía un nudo en el estómago antes de que el auxiliar de vuelo anunciara que iniciábamos el descenso hacia el aeropuerto Logan.

Los últimos días habían sido más que agitados. Nuestros billetes no eran reembolsables, así que tuvimos que pagar una tasa administrativa para que cambiaran el billete de papá a nombre de Jam. Aquello supuso siete largas y frustrantes llamadas telefónicas, con mamá murmurando de forma pesimista todo el rato que no iba a salir bien. Luego, el jueves por la noche, tuvimos un momento de pánico cuando Jam no lograba encontrar su pasaporte. Pero, una vez en el avión, ya no había nada que hacer salvo pensar.

Y mis pensamientos me llevaron a una conclusión ineludible: ¡estaba completamente loca!

Estaba planeando orientarme en un aeropuerto desconocido, comprar un billete hacia otro aeropuerto desconocido y, luego, tomar un autobús a un lugar en el que nunca había estado para averiguar una información que estaba segura de que nadie querría darme.

Miré al otro lado del pasillo del avión, donde Jam estaba contándole algún movimiento del juego *Legends of the Lost Empire* a un embelesado Rory. Debió de notar que lo miraba, porque levantó la vista y me sonrió.

De ninguna manera se lo habría admitido a otra alma viviente, pero no estoy segura de que hubiera tenido las agallas de seguir adelante con mi plan de no haber tenido a Jam conmigo.

No me malinterpretéis. No soy una cabeza hueca que necesita a un tipo grande y fuerte que cuide de ella. De hecho, entonces ya estaba acostumbrada a viajar sola por Londres y había estado antes en aviones. Es solo que esto era una locura. Y necesitaba un amigo con quien compartirlo: mi mejor amigo.

Tardamos siglos en pasar por aduanas e inmigración. Es que hicimos cola durante casi una hora, hasta que llegamos al mostrador de un funcionario poco sonriente. Nos pidió que metiéramos los dedos índice en una ranura de una cajita para que hubiera un registro de nuestras huellas dactilares en el aeropuerto, y luego nos hizo ponernos delante de una cámara diminuta para hacernos fotos. Cada vez que me miraba, me sentía culpable.

Mamá estaba como siempre. Le preocupaba que se nos perdiera el equipaje, que alguno de los funcionarios nos detuviera y nos llevara a rastras para interrogarnos y lo que, quizá, se le habría olvidado en casa.

Para cuando llegamos a la sala VIP del aeropuerto, libres para pasar el rato hasta el vuelo de conexión de una hora más tarde, no sé cuál de las dos estaba más agotada. Al menos, eso me facilitó convencer a mamá de que nos diera algo de dinero.

—Jam y yo queremos echar un vistazo —dije—. No vamos a comprar nada, pero imagínate que os pasara algo y que después no pudiéramos encontraros. Querrías que lleváramos algo de dinero encima, ¿no?

Mamá sacó un montón de billetes de un dólar de su bolso y me los entregó.

—Solo para uso de emergencia —dijo con severidad.

Asentí, intentando ignorar las punzadas de culpabilidad que me acuchillaban la conciencia.

Para mí, esto es una emergencia.

—Y, por el amor de Dios, guárdatelos en el zapato.

Ese es su escondite antiladrones favorito.

—¿Puedo ir con vosotros? —lloriqueó Rory.

—¡No! —espeté. De repente, sentí que mis nervios estaban a punto de estallar.

—Pero más tarde iremos a ver los juegos de la tienda *duty free* —añadió Jam apaciguadoramente.

—Mucho más tarde —murmuré.

Así que, con un suspiro de preocupación, mamá me dio un beso en la mejilla y me recordó por décima vez dónde habíamos quedado para el vuelo a Concord.

CHICA DESAPARECIDA

Cuando me alejé de ella, me di cuenta de que me temblaban las manos.

—Vamos a contar el dinero —dijo Jam.

Sonreí. Siempre se podía contar con Jam para ser práctico cuando hacía falta. Comprobé mi bolso. Quinientos veintitrés dólares, incluidos los doscientos que Jam me había dado. Además, Jam tenía ciento ochenta de su madre, lo que hacía un total de setecientos tres.

Se me aceleró el corazón. Había llegado el momento: el éxito o el fracaso.

—Es una pena gastárnoslo todo en vuelos y autobuses —murmuró Jam.

—¿Qué? —dije.

Se sonrojó.

—Eh, que solo lo comentaba. Tranquila, que estoy contigo hasta el final.

—Vale. —Respiré hondo—. Entonces, ¿dónde conseguimos los billetes para Burlington?

No podría haberlo hecho sin Jam. En primer lugar, tenía quince años y, por lo tanto, podía viajar de forma independiente. A los catorce, la mayoría de las aerolíneas insistían en que tenías que ir acompañada por alguien de tu edad o mayor. En segundo lugar, el aeropuerto Logan era grande. No más que los aeropuertos de casa, pero aun así era muy confuso. Lo había investigado todo en Internet: necesitábamos un billete cada uno de Boston a Burlington y, luego, otro de vuelta para finalmente ir hasta Concord. Pero encontrar dónde comprarlos, y asegurarnos de que la información que habíamos preparado era la correcta, fue mucho más difícil de lo que me había imaginado.

Luego aún nos quedaba comprar los billetes. Teníamos la historia planeada: éramos primos e íbamos a reunirnos con nuestra familia en Vermont. Mi padre nos había dado dinero en efectivo para comprar los billetes. La atareada chica del mostrador se lo tragó todo, limitándose a echar un vistazo a nuestros pasaportes y sin escucharnos realmente. Mis piernas estaban temblando como gelatina, pero ¡por fin ya teníamos los billetes en nuestras manos!

Si Jam no hubiera estado allí, creo sinceramente que habría renunciado a toda la idea. Pero lo conseguimos; compramos los billetes, encontramos la puerta de embarque y ¡subimos al vuelo nacional!

Mientras el avión recorría la pista, comprobé la hora. Esta parte de América llevaba cinco horas de retraso con respecto al Reino Unido: aquí solo eran las once de la mañana.

Faltaba poco para la hora de reunirnos con mamá. Sentí otra punzada de culpabilidad. Pero si mamá hubiera querido hablar conmigo, me dije, no tendríamos que estar haciendo esto.

Apagué mi móvil y le dije a Jam que hiciera lo mismo con el suyo. En cuanto aterrizáramos en Burlington, le enviaría un mensaje a mamá y le haría saber que estábamos bien. Le diría que siguiera adelante hacia New Hampshire, que ya nos reuniríamos con ellos allí.

En el fondo de mi corazón, sabía que no había forma de que mamá se subiera a un avión sin mí. ¿Pero qué podía hacer al respecto?

Es culpa suya. No debería haberme mentido.

Burlington estaba helado. Habíamos visto las cimas nevadas de las montañas desde el avión, pero no estaba preparada para la ráfaga gélida que nos golpeó al bajar del avión. Fue la primera señal de que no lo había planeado todo tan bien como pensaba.

—Ojalá me hubiera traído un gorro —dije, arropándome en la chaqueta. El exterior del aeropuerto era de cemento gris, con un enorme aparcamiento a un lado.

—Mira. —Jam señaló una fila de autobuses. Gracias a mi búsqueda en Internet ya sabía qué línea paraba en Marchfield, pero, por desgracia, tuvimos que esperar casi dos horas hasta el siguiente autobús.

Por fin, salimos del aeropuerto por carreteras anchas y vacías marcadas con señalizaciones verdes. Más allá de las carreteras, había largas extensiones de campos salpicados de escarcha y enormes colinas cubiertas de nieve a lo lejos.

Los coches con los que nos cruzamos parecían más grandes y más largos que los de mi país. Pero fue el espacio lo que más me impresionó. Las carreteras eran muy anchas y la tierra que las rodeaba se prolongaba hasta el infinito. Incluso el cielo parecía más grande.

Me acurruqué junto a Jam en la parte trasera del autobús. Me sentía extrañamente tranquila. La parte más complicada, llegar hasta allí, ya había pasado. Y lo que fuera a pasar en la agencia de adopción aún estaba por ver.

El autobús estaba bien caldeado y, al cabo de un rato, sentí que daba cabezadas. Me sumí en un sueño profundo y aterciopelado.

Estaba de nuevo en la playa, dando tumbos por la arena. Podía ver a la mujer del pelo largo y oscuro muy por delante de mí. Entraba y salía de entre las rocas, riendo. El sol brillaba en mi cara. Me sentía feliz. Corrí por la arena hacia las rocas. Ella estaba allí. Iba a su encuentro.

Me desperté desorientada. Jam seguía dormido, con el codo clavado en mis costillas y la cabeza apoyada en mi hombro.

Miré por la ventana. Las extensiones abiertas de tierra habían dado paso a un espeso bosque de pinos. Comprobé la hora. Acababan de dar las tres de la tarde. Ya llevábamos casi una hora de viaje.

¡Mamá! Tragué saliva. ¡Me había olvidado por completo de mandarle un mensaje! Saqué el móvil y lo encendí.

CHICA DESAPARECIDA

Oh, no. Me desplacé a través de unos veinte mensajes de texto y de voz, cada vez más histéricos.

El sentimiento de culpa volvió a mí. No. No iba a permitirme sentir lástima por ella. Rápidamente, tecleé un mensaje de texto:

> Todo bien. Te veo luego.

Vacilé. Sabía que el mensaje no tranquilizaría a mamá ni por un segundo. Pero al menos sabría que estábamos bien. Pulsé enviar y volví a apagar el teléfono.

Media hora más tarde, llegamos a Marchfield. Mientras recorríamos las afueras de la ciudad, pasando por interminables hileras de casas bajas y unifamiliares, mi estómago se retorcía con un millón de nudos.

Todo dependía de las siguientes dos horas.

El conductor del autobús sonrió cuando le preguntamos si sabía qué parada estaba más cerca del número 11303 de Main Street.

—Es la Agencia de Adopciones de Marchfield —dije.

—Un poco joven para pensar en adoptar niños, ¿no? —se rio.

Me sonrojé.

Main Street parecía una calle un poco destartalada en comparación con las de casas grandes que habíamos visto antes. Además, muchas de las tiendas estaban cerradas, con tablones clavados en las puertas, y había basura esparcida por toda la acera.

El conductor nos dejó al principio de la calle.

—¿Estás bien? —dijo Jam mientras veíamos alejarse el autobús.

—Por supuesto —mentí.

De hecho, me temblaban tanto las piernas que ni siquiera estaba segura de poder andar. ¿Qué estaba haciendo? ¿Cómo demonios iba a encontrar el valor para ir a la agencia de adopción y llevar a cabo el plan que Jam y yo habíamos pensado?

Jam me rodeó con el brazo. Lo dejé hacer. Mi cabeza se acurrucó contra su pecho. El corazón de Jam latía deprisa bajo su jersey. Lo abracé. Él también debía de sentirse muy asustado.

De algún modo, eso me ayudó. Me aparté, apretando los dientes.

—Vale —dije—. ¡Vámonos!

9. Acceso denegado

La agencia estaba al final de la calle Main Street. El entorno se fue volviendo un poco más elegante a medida que caminábamos. Menos edificios tapiados y más negocios reales, aunque con ventanas mugrientas y pintura desconchada. Apenas parecía haber gente, aunque constantemente pasaban coches rugiendo.

En casa, me había imaginado la agencia como un gran edificio situado en un elegante jardín. En realidad, no era más que un destartalado bloque de oficinas de hormigón, sin nada que lo distinguiera de los demás edificios de la calle.

Me quedé fuera, con el estómago más revuelto que una lavadora.

—¿Estás bien, Lauren? —Jam me apretó el brazo.

Asentí lentamente y empujé la puerta.

Una corpulenta mujer con una falda de cintura elástica estaba de pie junto al mostrador de recepción.

—Hola. ¿En qué puedo ayudaros?

Tragué saliva. *Llegó el momento. No lo estropees.*

—Soy Lauren Matthews —dije, tratando de controlar el temblor en mi voz—. Fui adoptada aquí. Me gustaría hablar con el señor Tarsen. Él lo hizo. O sea, él organizó mi adopción.

Un parpadeo de sorpresa cruzó el rostro de la mujer.

—De acuerdo —dijo lentamente—. ¿Tienes cita?

—No. —Tragué saliva—. Da la casualidad de que estoy aquí... en... de vacaciones, así que pensé que sería... Me preguntaba si podría hablar con él.

La mujer frunció el ceño.

—Cerramos en diez minutos, cariño. Nos vamos temprano porque empieza el fin de semana. ¿Por qué no pides cita para el lunes?

—No. —Jam y yo hablamos al mismo tiempo.

El pánico subió por mi garganta. El plan era entrar, salir y volver al aeropuerto de Burlington lo antes posible. Después de comprar los billetes de avión y autobús, nos quedaban apenas cuarenta y tres dólares. De ninguna manera podríamos subsistir hasta el lunes.

—Por favor, déjeme hablar con él. Por favor —le supliqué. Podía sentir la amenaza de las lágrimas. Las retuve parpadeando con rabia.

—Bueno, lo intentaré —dijo la mujer, dudosa. Nos señaló un sofá junto al mostrador y habló en voz baja por los auriculares.

Esperamos. Pasaron cinco minutos. Entonces sonó un timbre. La mujer resopló mientras se inclinaba sobre el escritorio.

—¿Recepción? —dijo.

Volvió a hablar en voz baja durante unos segundos y luego nos miró, sorprendida.

—Ahora baja el señor Tarsen —dijo.

Me esperaba a alguien de aspecto imponente. Pero el señor Tarsen era un poco como un ratón: pequeño, delgado y con una nariz puntiaguda. Cuando me dio la mano, tenía las palmas húmedas.

—El ascensor está por aquí —sonrió.

Sus ojos se dirigieron hacia Jam y luego me escrutaron a mí. Percibí un tufillo a colonia rancia cuando se dio la vuelta.

Mi corazón retumbó con fuerza en el silencio amortiguado del ascensor. Los tres subimos a la primera planta. El señor Tarsen nos condujo por un largo pasillo. Mis ojos se clavaron en su nuca, donde unos mechones de pelo gris asomaban por encima del cuello de su polo blanco.

Se detuvo ante una puerta en la que ponía «Centro de Recursos».

—Me gustaría hablar con usted a solas —le dije.

Eso no era estrictamente cierto, por supuesto. Habría preferido que Jam se quedara conmigo. Pero la primera fase de nuestro plan consistía en que yo mantuviera al señor Tarsen hablando mientras Jam echaba un buen vistazo y averiguaba dónde estaba mi expediente.

El señor Tarsen pareció ligeramente sorprendido.

—De acuerdo —dijo—. Tu novio puede esperar con mi ayudante.

—Él no... —empecé, pero el señor Tarsen ya estaba guiando a Jam hacia la habitación contigua.

—No tardaremos —dijo.

Volvió y me llevó al Centro de Recursos. Una larga hilera de archivadores conducía a una pequeña ventana. Había unos cuantos sofás destartalados y, en un rincón, una caja de plástico llena de juguetes para niños. Me encaramé al borde de uno de los sofás. Tenía la boca seca. *¿Qué demonios estoy haciendo?* Sentía que iba a vomitar en cualquier momento.

El señor Tarsen se sentó frente a mí. Detrás de su cabeza, había un póster enmarcado en la pared. Estaba cubierto de fotos instantáneas de familias sonrientes, con una frase escrita en letra curvada en la parte inferior: «Marchfield hace milagros. Todos los días».

Podía oír la voz de Jam en mi cabeza: «¿Podría ser más cursi?». Deseé que estuviera conmigo.

—¿En qué puedo ayudarte, Lauren?

El trato del señor Tarsen era amable pero profesional. Como si supiera que estaba disgustada e intentara decirme que me compadecía, pero que no tenía tiempo para ocuparse de mi llanto.

CHICA DESAPARECIDA

Le conté mi historia. Que había sido adoptada a través de Marchfield hacía once años, pero que mis padres no querían decirme nada sobre mi vida antes de eso.

No mencioné a Martha Lauren Purditt.

—De verdad, de verdad que necesito saber de dónde vengo —le dije—. Pensé que tal vez usted podría contarme algo sobre mi verdadera madre.

Hubo una larga pausa.

La sonrisa del señor Tarsen parecía algo tensa.

—Lo siento, Lauren. Me temo que no puedo ayudarte.

—¿Por qué no? —Mis tripas se retorcieron en un nudo. Sabía lo que iba a decirme, pero tenía que parecer sorprendida. Trastornada. Como si no me lo esperara.

—Hasta los dieciocho años, no tienes derecho a ver tu partida de nacimiento original sin la aprobación de tus padres o tutores. Y ya has dejado claro que tus padres adoptivos no lo aprueban. Apuesto a que ni siquiera saben que estás aquí, ¿verdad?

Me sonrojé. El señor Tarsen sacudió la cabeza de una forma realmente condescendiente.

—Me temo que estaría infringiendo la ley del estado de Vermont si le dijera algo.

—Oh —dije—. Oh, no. —Mi voz me sonó falsa incluso a mí. Me pregunté hasta dónde había llegado Jam en su búsqueda.

El señor Tarsen me miró fijamente.

—No es solo tu edad —dijo—. He revisado tu expediente antes de atenderte. En tu caso particular, tu madre biológica presentó una solicitud de no divulgación inmediatamente después de que te adoptaran. Eso significa que no quiere que sepas quién es o dónde está. Nunca.

Se me hizo un nudo en la garganta. ¿Era cierto? Me había presentado en Marchfield sabiendo que iba a tener que ser cautelosa para no exponer lo que realmente me inquietaba: el secuestro. Después de todo, era probable que la agencia estuviera involucrada, al menos en parte, en lo que había ocurrido realmente. Pero ahora una semilla de duda se plantó en mi cabeza. ¿Y si lo había entendido todo mal? ¿Y si tal vez mamá, papá y la agencia fueron honestos y yo era simplemente una niña a la que su madre no quería?

No, eso no podía ser cierto. Había recordado a mi madre, había soñado con ella. Ella me quería. Ella no había querido perderme.

El señor Tarsen se removió inquieto en su silla.

—Sé que es duro —dijo.

—¿Quiere decir que puede que nunca lo averigüe? —le dije—. ¿Que nunca descubra mi pasado?

—Siento no haber sido de más ayuda. —El señor Tarsen se levantó. Su sonrisa condescendiente se hizo más profunda—. Pero no querrás que me detengan, ¿no?

Me quedé mirando el cuello de su polo blanco.

Quizá por delitos contra la moda.

Hizo un gesto con la cabeza hacia la puerta.

Haz algo.

—¿No puede decirme nada sobre mi madre? —le dije. Sabía que pisaba terreno peligroso. Lo último que quería era que Tarsen se enterara de lo que sabía de Martha, pero tenía que darle más tiempo a Jam para que husmeara—. ¿La conoció usted?

El señor Tarsen negó con la cabeza. Se puso en pie. Caminó hacia la puerta. Mi corazón se aceleró. Era imposible que Jam hubiera encontrado ya dónde estaba mi expediente.

—Espere —dije—. ¿Qué pasa con Sonia Holtwood?

Había recordado el nombre que aparecía en los diarios de mamá. Sabía que era arriesgado mencionarla; después de todo, fuera quien fuera, estaba obviamente implicada de alguna forma en mi adopción. Pero estaba desesperada. Tenía que darle más tiempo a Jam.

El señor Tarsen se detuvo con la mano en el pomo de la puerta. Se dio la vuelta para mirarme.

—¿De dónde demonios has sacado ese nombre? —dijo lentamente.

—Lo vi escrito en alguna parte —dije, incapaz de pensar en una tapadera plausible para los diarios de mamá—. ¿Quién es? ¿Alguien que trabajaba aquí? ¿O mi... verdadera madre? ¿O...? —Bajé la mirada, apretando las manos contra mis vaqueros para que dejaran de temblar.

Hubo una larga pausa. Podía sentir los ojos del señor Tarsen clavándose en mí.

—¿Qué más viste, Lauren? —dijo.

—Nada. —Me ardía la cara.

Mierda. Mierda, mierda, mierda.

Hubo una larga pausa.

—A veces, es difícil para los niños adoptados aceptar la verdad —dijo suavemente el señor Tarsen—. Así que se inventan fantasías. Historias de huérfanos, historias sobre niños robados de sus hogares.

Levanté la vista hacia él.

—¿Es eso, Lauren? ¿Crees que eso fue lo que te pasó?

Me senté en silencio, con el corazón latiéndome con fuerza. El señor Tarsen me miraba fijamente a la cara. ¿Sabía él lo que había pasado? ¿O simplemente estaba adivinando lo que yo pensaba?

Se inclinó hacia delante.

—Créeme, Lauren. Sonia simplemente era joven e irresponsable, incapaz de lidiar contigo.

—¿Así que ella era mi madre? —Las palabras me salieron en un susurro.

El señor Tarsen me miró con esa extraña mezcla de frustración y algo más que no pude determinar. ¿Qué era? ¿Lástima? ¿Miedo?

—Veo que no vas a dejarlo correr. —Consultó su reloj—. Pero ya no podemos hablar más de ello. ¿Quién más sabe que los dos estáis aquí?

—Nadie —dije—. Solo el conductor del autobús de Burlington.

El señor Tarsen se estiró el cuello del polo.

—Bien, vamos a hacer una cosa. —Sacó una cartera de cuero de su bolsillo y extrajo dos billetes—. Toma esto.

CHICA DESAPARECIDA

Gira a la izquierda al salir de la agencia. Un par de manzanas por Main Street y verás el Motel Piedmarch.

Me puso el dinero en la mano.

Vaya. Ciento cincuenta dólares.

Lo miré fijamente.

—¿Quiere que nos quedemos aquí, en un motel?

El señor Tarsen asintió impaciente.

—Descansa bien esta noche. Por la mañana, llamaremos a tus padres para que os vengan a recoger. Pueden devolverme el dinero más tarde.

Fruncí el ceño. ¿Qué estaba pasando? Hacía un minuto, aquel hombre era el Capitán Respeto-la-ley. Y ahora, me ofrecía dinero y actuaba como si fuera un servicio privado de enlace con los padres. No tenía sentido.

Me puse en pie. El señor Tarsen me hizo pasar por la puerta.

Jam esperaba fuera, junto al ascensor. La mano del señor Tarsen se apoyó en mi hombro, guiándome hacia el ascensor y luego hacia la puerta principal.

—No te preocupes, Lauren. Te veré mañana —dijo.

Y, de repente, Jam y yo estábamos en la calle, solos. Estaba oscuro. Eran casi las cinco y media de la tarde. Y hacía incluso más frío que antes.

Me puse la chaqueta.

—¿Y bien? —dije—. ¿Has averiguado algo?

—Sí. —Jam se mordió furiosamente el labio—. Sé dónde está tu expediente de adopción. O al menos el índice. Pero no hay forma de que podamos echarle un vistazo mientras haya gente. Tendremos que volver esta noche.

10. Allanamiento

Me senté en la cama de la habitación del motel y marqué el número del servicio de habitaciones. Nunca había hecho algo así, y tenía mariposas en la barriga mientras daba la orden. Lo cual supongo que suena estúpido, teniendo en cuenta todo lo demás que había hecho —y que planeaba hacer— ese día.

—Una hamburguesa Piedmarch con extra de queso y bacon, una hamburguesa Piedmarch pequeña, dos colas *light* y una ración de patatas fritas, por favor.

Cuando colgué el teléfono, Jam salió del cuarto de baño, ya duchado y cambiado.

—¿Has conseguido algo de comida? —dijo—. Me muero de hambre.

Asentí.

Estábamos en el motel Piedmarch. La verdad es que no queríamos ir allí, pero hacía demasiado frío para estar fuera… y, la verdad, tampoco conocíamos ningún otro

CHICA DESAPARECIDA

sitio al que ir. No había otros lugares donde alojarse en Main Street. Habíamos pagado por adelantado la habitación, sin que el hombre con cara de perro de la recepción hiciera más que levantar una ceja con suspicacia. El sitio estaba limpio, pero era feo, dominado por la gran cama de matrimonio en la que estaba sentada.

Quizás no deberíamos haber elegido la habitación más barata —y más pequeña— disponible. De repente, me sentí avergonzada ante la idea de compartir la cama con Jam.

Miré fijamente el minúsculo armario al otro lado de la habitación, que ya sabía que estaba vacío aparte de tres perchas de alambre.

—No quiero pasar la noche aquí —dije.

Jam se encogió de hombros.

—No tenemos muchas opciones.

Hice una mueca, sabiendo que tenía razón. Nuestro plan era entrar en la agencia, encontrar mi expediente y luego tomar directamente el autobús de vuelta al aeropuerto de Burlington. Pero los autobuses no circulaban durante la noche. El primero salía a las 6:30 de la mañana. Lo que significaba que un par de horas antes, en plena noche, teníamos que programar nuestro regreso a la agencia.

Mi mente vagaba hacia el señor Tarsen; ¿cuánto sabía realmente? ¿Y por qué de repente se había mostrado tan servicial? No podía entender por qué no nos había hecho llamar a mamá allí mismo, ¡o incluso a la policía! Fuera lo que fuera lo que tramaba, lo último que quería era pasarme la mañana siguiente esperándolo.

De repente, se oyó un golpe seco en la puerta.

Jam la abrió. Había una chica con trenzas rubias de pie en el umbral. Soltó una risita mientras le entregaba la bandeja de comida del servicio de habitaciones a Jam, quien pagó en efectivo, puso la bandeja en la mesa del lado de la ventana y cerró la puerta. Pude notar como, en todo momento, la chica no le quitaba los ojos de encima.

—Esa chica te estaba mirando —dije, contenta de cambiar de tema por un minuto.

La nuca de Jam enrojeció.

—Que no, ¡no lo hacía! —Me miró—. ¿Te importaría si lo hubiera hecho?

—Sí, claro. —Fingí desmayarme, con el dorso de la mano contra la frente—. Porque te he estado deseando en secreto durante meses.

La cara de Jam se puso ahora de un rojo intenso.

Mierda. Mierda. Mierda. ¡Que cree que lo digo en serio!

—Era broma —dije apresuradamente.

—Ya. —Jam se encogió de hombros. Señaló la hamburguesa Piedmarch pequeña—. ¿Qué demonios es eso?

Eché un vistazo a la delgada hamburguesa envuelta en una asquerosa loncha de lechuga. Parecía mucho menos apetitosa que la otra hamburguesa, con extra de queso y bacón.

—Tenía mejor aspecto en la foto —dije sin convicción—. Dime qué te dijo la secretaria de Tarsen.

CHICA DESAPARECIDA

Jam me fulminó con la mirada durante un segundo.

—Le pregunté cómo guardaban los registros. Ya sabes, cosas frikis, como cuándo empezaron a guardarlos en la nube. Me dijo que todavía hay algunos archivos en papel: los contratos más antiguos y algunos otros documentos, y que el detalle de donde los guardan está en el Centro de Recursos.

Hubo un silencio incómodo mientras Jam se comía la hamburguesa. Intenté pensar en algo más que decir.

—¿Y cómo sabes dónde está el Centro de Recursos? —le dije.

Jam se limpió la boca con la manga. Me alivié cuando me sonrió.

—A veces, Cerebro de Láser, me pregunto cómo te las arreglas para cruzar la calle sin que te atropellen. El Centro de Recursos es la habitación en la que estabas hoy con el señor Tarsen.

Después de comer, los dos nos quedamos dormidos sin cambiarnos de ropa. Eran apenas las ocho de la tarde en Marchfield, pero supongo que ambos seguíamos funcionando con la hora de Londres, donde era más de medianoche.

Volví a soñar lo mismo.

Llegué a las rocas de la playa. Me asomé por encima de una, luego de otra. Me moría de ganas de verle la cara. Pero ella no estaba allí. Mi excitación se convirtió en miedo.

¿Dónde estaba? Entonces, al borde de la roca más alejada, capté, en un breve instante, una melena larga y negra, que rápidamente desapareció.

Me desperté sobresaltada. Jam seguía durmiendo a mi lado. Un mechón de pelo le caía por encima de la cara. Se estremeció al exhalar.

Miré la hora: las cuatro y diez de la madrugada. Deberíamos salir en un minuto. Di vueltas por la habitación, inquieta por mi sueño y por la idea de lo que me esperaba. La videoconsola portátil de Jam estaba tirada en la mesa bajo la ventana, junto a la bandeja de la comida. La recogí. Había seis pequeñas muescas grabadas en la parte de atrás. Qué raro. La incliné hacia mí, de modo que los arañazos brillaron a la luz de la ventana del motel.

¿Por qué iba Jam a grabar muescas en su consola?

—¿Qué hora es? —Jam se incorporó, bostezando.

Volví a dejar la consola sobre la mesa.

—Hora de irnos —dije.

Main Street estaba desierta. Todo estaba cerrado y oscuro, excepto una solitaria empresa de taxis de veinticuatro horas a mitad de la calle.

Las aceras estaban cubiertas de escarcha; el aire, amargamente frío. Me puse los dedos bajo las axilas para calentarlos mientras caminábamos hacia la agencia.

CHICA DESAPARECIDA

Jam me condujo hasta la escalera de incendios del lateral del edificio. Recogió una gran piedra del suelo y empezó a subir al primer piso. Lo seguí, intentando hacer el menor ruido posible en los escalones de hierro.

Jam se detuvo en el rellano del primer piso. Encima de la barandilla baja, frente a nosotros, había una gran ventana. Levantó la piedra.

—¿Lista?

Asentí. Mi respiración salió entrecortada y rápida, empañando el aire gélido.

Jam golpeó la ventana con la piedra. El ruido del cristal al romperse restalló en la noche. Volvió a hacerlo. Y luego otra vez. Golpes más pequeños mientras creaba un agujero lo bastante grande como para que pudiéramos arrastrarnos a través de él.

Mi trabajo consistía en vigilar. Me incliné sobre la escalera de incendios, viendo todo lo que podía arriba y abajo de la calle frente al edificio. Mi corazón latía más fuerte con cada golpe, convencida de que el ruido despertaría a toda la ciudad. Al fin había terminado. Solo oía a Jam respirar agitadamente a mi lado. Escuché atentamente por si se oían gritos o sirenas de policía.

Nada. Ni siquiera una alarma antirrobo. Era raro, ¿verdad? Lo normal habría sido que un lugar donde se guardan archivos importantes tuviera una…

—Venga.

Me di la vuelta. Jam se abría paso cuidadosamente a través de la ventana.

84

Lo seguí, asegurándome de no cortarme las manos con ningún fragmento de cristal.

No se oía nada en el interior de la agencia.

Se me secó boca mientras palpaba la moqueta del pasillo de la primera planta. ¡Estábamos dentro!

Me froté las sudorosas manos contra los laterales de los vaqueros. El pasillo se extendía en la penumbra. Jam iba más o menos un metro por delante de mí, envuelto en la oscuridad. Lo seguí más allá del ascensor que habíamos utilizado antes, hasta el despacho donde había hablado con el señor Tarsen.

Había unos expedientes amontonados en una estantería tras la puerta. Encontramos rápidamente los correspondientes al año en que fui adoptada.

—«Lauren Matthews, ref.: B-13-3207» —leí en voz alta—. La B es el código del archivador.

Jam recorrió de arriba abajo la hilera de archivadores de tres cajones que había a lo largo de la pared más alejada.

—Ahí —dijo señalando el segundo desde la ventana.

Tiró del cajón superior. Luego del central.

—¡Están cerrados! —Se volvió y me miró fijamente—. Todos los cajones están cerrados.

Miré rápidamente por toda la habitación. Mis ojos se posaron en el póster «Marchfield hace milagros» de la pared. Tenía un marco delgado de metal.

—Podemos usar eso.

CHICA DESAPARECIDA

Levanté el marco del gancho. Con manos temblorosas, desabroché el tablero trasero y retiré con cuidado el cristal. Mantuve el marco firme mientras Jam arrancaba el lado de la parte superior.

—Suerte que no estaba soldado —susurró. Llevó la delgada astilla de metal hasta el archivador y empezó a hurgar en el cajón superior.

Me acerqué de puntillas a la puerta, atenta a cualquier ruido. La agencia estaba en silencio. Espeluznante. Un hilillo de sudor me recorrió la espalda.

Me di la vuelta y me quedé mirando los trozos de marco rotos sobre la alfombra.

—Lo hemos estropeado —dije—. Y su ventana.

Jam resopló suavemente desde el archivador.

—Entonces, ¿qué quieres hacer? ¿Dejar algo del dinero del señor Tarsen para pagarlo? —exhaló pesadamente, forzando su peso contra el marco metálico—. Ven y ayúdame con esto.

Nos llevó varios minutos forzar el cajón. Ambos nos apoyamos con tanta fuerza en la palanca metálica, haciéndola retroceder sobre sí misma, que temí que se rompiera antes de forzar la cerradura. Pero al final se oyó un intenso chasquido. El cajón se abrió.

Me pregunté cuánto tiempo llevábamos en la agencia. Demasiado tiempo ya. Con el corazón acelerado, tiré del cajón y empecé a rebuscar entre los archivos. Al cabo de unos segundos, se me hizo un nudo en la garganta.

—No está aquí —dije—. Esto es de la A a la G.

Jam me miraba fijamente desde la puerta, donde estaba atento por si venía alguien.

—Debe de estar en el de debajo.

Tenía el corazón totalmente en un puño cuando abrí el segundo cajón.

Examiné tan deprisa los expedientes que había dentro que se me pasó mi propio nombre dos veces. Entonces lo vi: «Lauren Matthews».

Debajo de la etiqueta del nombre había una delgada carpeta verde, cerrada por tres lados como un sobre. Metí la mano en la carpeta, pero los dedos acabaron por tocarse entre ellos.

—No está aquí.

Palpé más profundamente dentro de la carpeta, desesperada por que hubiera algo, cualquier cosa.

—Lauren —susurró Jam desde la puerta.

—Espera.

Mi mano agarró un trozo de papel, metido justo en la esquina de la carpeta. Lo saqué.

—Lauren —susurró Jam de nuevo, con más urgencia—. Viene alguien. Tenemos que irnos. ¡Ya!

11. «Leaving»

Me guardé el trozo de papel en el bolsillo y corrí hacia la puerta.
Unos pesados pasos retumbaron en la distancia.
—¡Corre! —susurré.
Corrimos por el pasillo hacia la ventana rota. Los pasos detrás de nosotros se hacían más fuertes y rápidos. Salí por la ventana rota, rasgándome los vaqueros con el cristal al hacerlo.
Podía oír a Jam jadeando detrás de mí mientras bajábamos estrepitosamente por la escalera de incendios.
Volví a mirar hacia la ventana mientras saltaba los últimos escalones. Una figura oscura estaba de pie, enmarcada por el cristal roto, observándonos.
Era el señor Tarsen.
Se me puso la piel de gallina. Estaba allí plantado. ¿Por qué no gritaba ni nos perseguía?
Volvimos a Main Street y nos dirigimos al motel.

—¿Crees que Tarsen habrá llamado a la policía? —jadeó Jam cuando nos metimos en la habitación.

—No lo sé. —Me estremecí, pensando en la forma en que nos había mirado.

—Tenemos que salir de aquí. —Jam recogió su mochila; luego agarró su consola de la mesa y se la metió en el bolsillo.

Miré la hora en el reloj que había junto a la cama.

—Es demasiado temprano —dije—. El primer autobús no sale hasta dentro de una hora.

—¡No podemos esperar! —advirtió Jam—. Tendremos que pedir un taxi. De ese sitio de veinticuatro horas que hemos visto antes.

Asentí, repasando mentalmente el dinero que nos quedaba. Poco más de cien dólares. Esperaba que fuera suficiente.

Volvimos corriendo por la carretera hasta la compañía de taxis. Main Street seguía en un silencio inquietante. Mi mente no dejaba de darle vueltas a lo que había pasado. Nada tenía sentido.

¿Por qué estaba vacío mi expediente de adopción? Solo se me ocurría una explicación: el señor Tarsen había adivinado que iríamos a buscarlo y se lo había llevado. Entonces, ¿por qué no nos perseguía?

Mientras nos apresurábamos a entrar en la oficina de taxis, recordé el trozo de papel del fondo del expediente. Mientras Jam pedía un taxi, me senté en la sala de espera y lo saqué del bolsillo de mis vaqueros.

CHICA DESAPARECIDA

Estaba claro que era la esquina de algún formulario oficial. Faltaban varias de las letras manuscritas de la derecha donde se había rasgado el papel.

Apto. 34

10904 Lincoln Hei

Leaving

Jam terminó de hablar con el taxista y se acercó.

—Dice que tendrán un taxi en un par de minutos. Ochenta dólares en efectivo.

Le enseñé el papel.

—Es una dirección —dije—. Quizá de Sonia Holtwood. Mire. Creo que «Hei» significa 'Heights'. Lincoln Heights.

Jam frunció el ceño.

—Pero podría ser en cualquier sitio. Y debajo pone «Leaving»[1]. Así que, aunque Sonia viviera allí, es obvio que ya no.

Asentí, sin dejar de pensar en la dirección. Seguramente, no había nada de malo en preguntar si el taxista sabía dónde estaba Lincoln Heights.

Estaba recostado en un taburete, con las piernas apoyadas en el mostrador frente a él. Cuando me acerqué, levantó la vista y se echó hacia atrás el largo y grasiento flequillo.

---

1. *Leaving*: irse, abandonar un lugar.

—Hola —me dijo—. Acabo de decírselo a tu novio. Dos minutos.

—Lo sé —dije—. Solo quería preguntarte si sabías dónde está esto.

Puse el trozo de papel sobre el mostrador.

El hombre se rascó la cabeza.

—No tengo ni idea de qué es Lincoln Heights —dijo—, pero Leavington está a unos quince kilómetros.

Lo miré fijamente y luego volví al trozo de papel. «Leaving» no era 'irse'. Era el comienzo de...

—¿Leavington?

—Sí. Está de camino a Burlington. Pero creía que queríais ir directos al aeropuerto.

El corazón me latía con fuerza. Corrí hacia Jam.

Estaba mirando por la ventana.

—No oigo a ningún policía cerca del motel. Pero si Tarsen nos ha estado vigilando... —Se volvió y vio mi ansiosa cara—. ¿Qué?

Le expliqué lo de la dirección.

—Tiene que ser la de Sonia —dije, sin aliento—. Puede que siga allí.

Esperaba que Jam sugiriera que fuéramos a Leavington de inmediato. Pero, en lugar de eso, negó con la cabeza.

—Sé realista, Cerebro de Láser —dijo. No sonreía.

Mi corazón se hundió.

—¿Qué?

—Podría ser la dirección de cualquiera...

—Pero estaba en mi expediente —dije.

—Además, tiene al menos once años. —Jam puso los ojos en blanco—. Mira, hemos intentado encontrar tu expediente. No estaba. ¿Qué otra cosa podemos hacer? No..., o sea, ¿no te parece que te estás obsesionando un poco?

No creo que me hubiera sentido más conmocionada si me hubiera abofeteado.

—No. —Parpadeé y me aparté de él—. No estoy obsesionada.

—Entonces, ¿por qué quieres ir a una vieja dirección en un trozo de papel al azar? Es ridículo.

—No lo es —dije, enfadada—. Si estaba en mi expediente, debe de tener algo que ver con mi adopción. Y el señor Tarsen prácticamente admitió que Sonia Holtwood era mi madre, así que...

—Incluso si la dirección tiene que ver con tu adopción, si te robaron de tu verdadera familia, no es probable que sea su auténtica dirección, ¿no?

Estaba segura de que se equivocaba. Pero lo que decía sonaba tan lógico que no veía cómo rebatirlo.

—Bueno —escupí—. Gracias por tu ayuda.

Jam se volvió hacia mí.

—Por Dios, Lauren —susurró—. Acabo de allanar un edificio por ti. ¿Cuánto más quieres que te ayude?

Lo miré fijamente, con la respiración acelerada y la mandíbula apretada.

—Si eso es lo que piensas, iré yo sola.

Me fui hacia las sillas del otro lado de la habitación y me desplomé en el asiento de la esquina. El suelo estaba mugriento y lleno de manchas. Pateé un arañazo en el pavimento. ¿Cómo se atrevía Jam a decir que estaba obsesionada? ¡Que intentara él vivir sin saber nada de su pasado!, ya vería lo duro que era. Como caminar durante un terremoto. El suelo siempre moviéndose bajo tus pies mientras te imaginabas una posible historia tras otra.

Me agaché con la cabeza entre las piernas, decidida a que Jam no me viera llorar.

Silencio... Entonces, el taxista llamó a Jam a su despacho. Podía oírlos hablar en voz baja.

Me sequé los ojos. Pasos. Una sombra cayó sobre la marca de la rozadura en el suelo. Jam se acuclilló frente a mí.

Se inclinó hacia mí, con la cabeza ladeada, intentando verme la cara.

—El taxi está listo —dijo. Hizo una pausa—. ¿De verdad quieres ir a ese sitio de Leavington?

Asentí, aún sin confiar en mí misma para mirarlo.

Jam apoyó la mano en la silla junto a mí.

—¿Tú sola?

Apreté los dientes. No estaba bien. El solo hecho de pensar en hacerlo sola bastaba para convertirme en un amasijo de temblores.

—No —sollocé—. Quiero que vengas. —Lo miré justo cuando una lágrima empezó a resbalar por mi mejilla—. ¡Por favor!

CHICA DESAPARECIDA

La mirada de Jam se enterneció. Nunca me había fijado, pero sus ojos no eran marrones, eran de color avellana. Con motas doradas y verdes.

Aparté la mirada rápidamente, volviendo a secarme las lágrimas.

Mierda. Debo de tener un aspecto totalmente horrible.

Jam me apretó el brazo.

—Leavington, entonces —dijo—. Vamos.

12. Lincoln Heights

Leavington era un vertedero, tan ruinoso que hacía que Marchfield pareciera elegante. En todas las calles no había más que grandes edificios de apartamentos, todos amontonados en líneas desordenadas, con los patios delanteros llenos de basura.

El taxista se enfadó muchísimo cuando le explicamos que queríamos parar en Lincoln Heights unos treinta minutos.

Se negó a esperarnos a menos que cubriéramos su tarifa, que nos habría quitado demasiado del dinero que nos quedaba.

—No pasa nada —le dije a Jam—. Iremos en otro taxi hasta Burlington. O en un autobús.

Una vez que supo que no iba a cobrar la tarifa completa hasta el aeropuerto, el conductor refunfuñó durante todo el trayecto a Leavington. Se quejó por tener que buscar Lincoln Heights en el mapa. Luego renegó sobre el carril único por el que circulábamos, que le impedía detenerse para que bajáramos. Cuando por fin se detuvo, armó un gran alboroto porque iba mal de cambio y necesitaba que le diéramos el importe exacto. Por supuesto, yo solo tenía el billete de cien dólares que me había dado Taylor Tarsen.

El conductor lo aceptó, luego se dio la vuelta y rebuscó en una bolsa que tenía junto al asiento.

—Toma —gruñó. Me puso en la mano un enorme fajo de billetes doblados y se marchó.

Me guardé el dinero en el bolsillo y recogí el bolso. Eran las seis y cuarto de la mañana, apenas empezaba a amanecer. Un grupito de adolescentes mayores que nosotros estaba apoyado en una pared cercana. Parecía que hubieran pasado la noche en la calle. Dos de los chicos nos miraron fijamente, con ojos duros y amenazadores.

El corazón me latía con fuerza. Agarré a Jam del brazo y nos alejamos en dirección contraria. El tiempo hacía juego con el paisaje: nubes opacas, feas y de color gris acero llenaban cada centímetro del cielo. Y el aire era especialmente frío.

Jam gastó sus últimos dólares en un café insípido y en unas rosquillas de un mugriento local de la esquina. Y de repente estábamos allí: en 10904 de Lincoln Heights.

Era como todos los demás edificios de la calle: oscuro, sucio y ruinoso. La puerta principal estaba cerrada con llave y ninguno de los timbres del interfono parecía funcionar.

Por suerte, una mujer salió y bajó corriendo los escalones. Nos deslizamos al interior antes de que se cerrara la puerta principal.

—¡Ugh! —Jam arrugó la nariz.

Tragué saliva, intentando no respirar el hedor a orines rancios y comida podrida que bajaba desde la sucia escalera de cemento.

Subimos lentamente hasta el apartamento treinta y cuatro, en la última planta. Una vez más, supe que, de no haber estado Jam conmigo, me habría dado la vuelta y habría echado a correr. De hecho, si no hubiera hecho tanto alboroto por ir allí, probablemente yo misma habría sugerido que nos fuéramos de inmediato.

¿Y si era una pérdida de tiempo? Era imposible que Sonia siguiera viviendo allí. Madre mía, probablemente ni siquiera había vivido aquí. No tenía ni idea. Pero, plantada frente al apartamento treinta y cuatro, de repente tuve la abrumadora sensación de que iba a ser ella quien me abriera la puerta. ¿Y entonces qué?

¿Qué iba a decirle?

«Hola, ¿me secuestró usted hace once años?».

¿Y si me equivocaba? ¿Y si realmente era mi madre? ¿Y si me echaba un vistazo y me cerraba la puerta en las narices?

En cualquier caso, Jam ya estaba llamando.

Me quedé congelada. ¡La puerta se estaba abriendo!

Miré fijamente a la chica que teníamos delante e inmediatamente me relajé. No era Sonia. No podía ser ella, era demasiado joven. No tenía más de dieciocho o diecinueve años.

La chica tenía un bebé en brazos y un niño pequeño agarrado a la rodilla. Se colocó un mechón grasiento tras las orejas y me miró con el ceño fruncido.

—¿Qué quieres? —dijo con un fuerte acento. Era latinoamericana, creo.

—Buscamos a una tal Sonia Holtwood —dije—. Creo que vivía aquí.

—No —dijo la chica—. No vive aquí.

Empezó a cerrar la puerta.

—Espera —dije, volviendo a abrirla.

—¡Eh! ¡Déjame! ¡Puta! ¡Fuera! —La voz de la chica se elevó en un chillido.

—Por favor, ¿hay alguien más a quien pueda preguntarle? ¿Alguien que pueda recordar quién vivía aquí antes?

Pero la chica había perdido totalmente la cabeza. Ahora me estaba gritando muchas palabras que no llegaba a entender.

—¡No sé! —gritó—. ¡No lo sé! —Y cerró la puerta de golpe.

Parpadeé. Podía oír algunas de las otras puertas abriéndose a lo largo del pasillo. Vimos a gente asomándose para ver a qué venía tanto jaleo, que rápidamente se dieron la vuelta y volvieron a entrar.

Miré a Jam.

—Supongo que eso es todo —dijo.

—Disculpa, cariño.

Miré a mi alrededor. Una anciana había aparecido en la puerta del apartamento de enfrente. Estaba encorvada por la edad, y la piel de su cara y brazos estaba arrugada en pliegues como papel de regalo.

—¿Te he oído preguntar por Sonia? —dijo—. ¿Sonia Holtwood?

—Sí. —La miré con impaciencia—. ¿La conoce? ¿Vivía aquí?

La anciana me miró fijamente con ojos brillantes y duros.

—Oh, sí —dijo—. No estuvo mucho tiempo por aquí, pero yo solía cuidar a su hijita.

13. Bettina

La señora se llamaba Bettina.
—¿De qué conocéis a Sonia? —dijo.
—No es…, o sea… —tartamudeé, reacia a contarle mi historia a una extraña.
Pero Bettina lo adivinó:
—¿No serás la niña de Sonia? —dijo.
Asentí, con la cara sonrojada.
Bettina juntó con deleite sus dedos deformados por la artrosis.
—¡Por todos los santos! Nunca creí… Bueno, pasad, pasad.
Nos hizo entrar a su pequeño apartamento, parloteando como una cotorra.
—¿Dónde está tu madre? ¿De dónde has sacado ese acento?

Me senté en el borde de una silla puntillosamente estampada. Desentonaba con la alfombra y las cortinas. Mamá habría odiado aquello.

—Me adoptaron cuando tenía tres años —dije torpemente—. Vivo en Inglaterra. Estoy intentando averiguar algo sobre Sonia porque, porque... —Mi voz se apagó. Aparte del tictac de un reloj, la habitación estaba en silencio.

Porque ella sabe de dónde soy. Ella sabe a dónde pertenezco. Porque creo que me robó de mi verdadera familia.

Bettina me miró con ojos tristes.

—¿Adoptada? —susurró—. Pobrecilla.

Miré a mi alrededor, avergonzada por su simpatía. Había cojines en los asientos y pequeños adornos en cada estantería. Era algo así como hogareño. Me pregunté si alguna vez me habría arrastrado por aquel sofá cuando era pequeña.

Bettina fue a preparar un poco de té. Volvió a entrar unos minutos después, con una bandeja de tazas y platillos traqueteando en sus manos. Jam se levantó de un salto y corrió hacia ella.

—Déjeme ayudarla —sonrió. Puso la bandeja en una mesita baja delante de uno de los sofás.

—Qué cortés. —Bettina le hizo un gesto de aprobación con la cabeza—. Qué encantadores modales británicos. — Se sentó en el sofá.

—¿Cuándo la vio por última vez? —dije.

CHICA DESAPARECIDA

Bettina se inclinó hacia delante y colocó lentamente las tazas en los platillos.

—Solo vivió aquí unas semanas. Y fue hace mucho tiempo. Diez años, tal vez once. La gente hace eso ahora. Vienen y se van, no echan raíces.

—Entonces... ¿cómo era ella? —pregunté.

Bettina miró hacia abajo. Me di cuenta de que tenía las orejas perforadas. El pendiente largo le estiraba el agujero del lóbulo hacia abajo.

—Sonia era muy reservada —dijo lentamente—. No quería que la gente conociera sus asuntos. Probablemente ni siquiera la recordaría si no fuera por ti. Nunca me contó nada sobre sí misma. Para ser sincera, y espero que no te importe que lo diga, no parecía muy maternal.

Bettina sirvió el té; luego dejó la tetera en el suelo con un suspiro.

—No vi muchos besos ni mimos.

Sorbí el té, con el corazón latiéndome deprisa.

—Cuando se fue, ¿sabe adónde fue?

Bettina sacudió la cabeza apenada.

—Querida, ojalá pudiera decírtelo. Pero un día os fuisteis y ya no volvisteis. Ni una palabra a nadie.

—Oh. —Miré fijamente mi taza de té. Me invadió la nostalgia. La anciana me conocía desde hacía más tiempo que nadie. Antes que mamá y papá incluso—. ¿Cómo era yo? —Lo pregunté antes de darme cuenta de que iba a hacerlo. La voz me salió muy débil.

Bettina puso su nudosa mano sobre la mía.

—Qué cosita más mona —dijo—. Aunque solo cuidé de ti un par de veces, nunca te olvidaré. Eras muy callada, muy seria. Apenas decías una palabra. Y tenías esa carita triste. Era difícil conseguir que sonrieras. Pero, cuando lo hacías, eras tan bonita... Hubo una vez que tenía muchas ganas de hacerte una foto. Estabas sentada justo donde estás ahora.

—¿Y lo hizo? —dije—. O sea, ¿tiene la foto?

Bettina negó con la cabeza.

—Sonia volvió de dondequiera que hubiera estado justo cuando acabé de fotografiarte y se enfadó mucho. Me borró la foto inmediatamente y os mudasteis al día siguiente.

Nos terminamos el té y nos fuimos. Bettina no tenía ninguna prisa por despedirse. Me dio la sensación de que no recibía muchas visitas.

Fuera, en la calle, había luz, pero seguía helando. Deseé, por enésima vez desde que llegué a Estados Unidos, haberme traído una chaqueta más gruesa.

—Supongo que será mejor que nos informemos sobre los autobuses a Burlington. —Jam me miró de reojo. Estaba claro que se preguntaba si yo iba a insistir en seguir buscando a Sonia.

Pero la pista se había enfriado. No podía hacer nada más. Lo que había dicho Bettina me dejaba claro que Sonia no era mi verdadera madre. Sin embargo, seguía sin saber nada de mi vida antes de que ella me encontrara.

CHICA DESAPARECIDA

El siguiente paso lógico era llamar a la línea directa de Niños-Perdidos.com y decirles que creía que yo podía ser Martha Lauren Purditt.

Pero telefonear ahora me apetecía tan poco como cuando estaba en Londres. *Es mi pasado. No quiero que la policía, los funcionarios y la gente de los Servicios Sociales se hagan cargo y tomen todas las decisiones.*

Jam estaba allí plantado, tiritando. Seguía mirándome expectante.

—Vamos a alguna tienda a preguntar dónde está la estación de autobuses —le sugerí.

Mientras caminábamos por la carretera buscando una tienda, saqué el fajo de dólares del bolsillo.

—¿Cuánto crees que...?

Me quedé mirando el rollo de dinero que se desplegaba en mi mano. Aparte del billete de un dólar de la parte superior, los demás billetes eran todos simples trozos de papel gris.

—El taxista... —murmuré.

—¿Qué? —Jam miró a su alrededor.

—¡Nos ha estafado con el cambio! —Mi voz se elevó hasta convertirse en un chillido mientras rebuscaba desesperadamente entre los trozos de papel.

Miré a Jam.

Nos quedaba un dólar.

14. ¿Os llevo?

Caminamos en silencio hacia un trocito cuadrado de césped entre dos edificios de apartamentos. Me escocían las orejas por el frío, pero apenas lo noté.

No teníamos dinero. ¿Cómo íbamos a volver a Burlington para después reunirnos con mi madre en Boston? Seguro que aún nos estaba esperando en el aeropuerto...

Jam se paseaba arriba y abajo sobre la dura hierba.

—Tendremos que llamar a tu madre —concluyó.

Se me encogió el corazón. Sabía que tendríamos que llamarla. Pero me sentí derrotada. El viento me azotaba los hombros. Me arrebujé más en mi chaqueta. No había otra opción. Me hurgué en el bolsillo en busca del móvil.

—¿Necesitáis que os lleve? —Miré a mi alrededor. Una mujer de mediana edad, con el pelo castaño ondulado, estaba asomada a la ventanilla de un coche, sonriéndonos.

CHICA DESAPARECIDA

Negué con la cabeza por instinto y me di la vuelta. La mujer abrió la puerta de su coche y se asomó más. Llevaba un uniforme de policía.

—Eh, ¡que no muerdo! —rio—. ¿Adónde vais?

Miré de reojo a Jam. Caminamos juntos hacia la mujer. Era mayor de lo que parecía desde lejos. Llevaba el pelo muy recogido. Incluso podría haber sido una peluca. Y llevaba un montón de maquillaje azul en los ojos y de polvos en la cara.

—Os he visto al pasar. Se nota que tenéis frío. —La mujer miró al cielo, nublado—. La previsión meteorológica dice que hoy va a nevar —advirtió.

Metió la mano en su chaqueta y sacó una cartera de cuero. La abrió y la mostró delante de nosotros. Vislumbré una insignia en forma de estrella y las palabras «Police Dept».

—Soy Suzanna Sanders —sonrió la mujer—. De vacaciones desde mi último turno. ¿Seguro que no queréis que os lleve a algún sitio?

Me mordí el labio.

—Vamos al aeropuerto de Burlington para luego ir al de Boston —dije.

Los ojos de Suzanna Sanders se abrieron de par en par.

—¡No puede ser! Yo voy a Boston en coche, tengo un vuelo desde el aeropuerto de Logan. Os puedo llevar. —Miró su uniforme—. Ya veis, voy un poco liada. Me va a tocar cambiarme de ropa en el aeropuerto. Así que decidíos.

—¿Puede esperar un minuto? Lo querría comentar con mi amigo.

Aparté a Jam del coche.

—Creo que deberíamos ir con ella.

—¿Qué? ¿Entrar en el coche de una desconocida?

—Es policía —recordé—. No nos va a hacer nada.

—¿Y si tu madre llama a la policía? —dijo Jam—. Podrían estar buscándonos.

—¿Y? De todas formas, ya íbamos a volver con mamá. Además, en coche llegaremos a Boston más rápido que si tuviéramos que volver primero a Burlington para volar desde ahí. —Miré a Suzanna Sanders—. Si pregunta, podemos decir que nos perdimos, o algo así, y que estamos intentando volver con mamá a Boston. Voy a enviarle un mensaje de texto a mamá ahora mismo, le diré que vamos para allí.

—No estoy seguro —dijo Jam—. Tengo un mal presentimiento.

Le apreté el brazo.

—Venga ya, ¿qué nos va a pasar? Es policía. Y somos dos.

Jam asintió.

—Vale.

Me volví hacia la mujer y nos presenté.

—Gracias. Si de verdad no le importa, iremos con usted. Pero un momento, por favor, que tengo que mandarle un mensaje a mi madre.

CHICA DESAPARECIDA

—Genial —sonrió Suzanna—. Pero ¿te importaría mandar el mensaje desde el coche? Me estoy helando el trasero aquí fuera.

La seguí hasta su coche. Tenía mis dudas: no quería sentarme delante a solas con ella, pero tampoco quería obligar a Jam a hacerlo.

—No pasa nada, podéis ir los dos atrás. —Suzanna abrió la puerta—. Pero nada de besuqueos.

Me sonrojé al entrar. Suzanna cargó nuestras mochilas en el maletero mientras nos deslizábamos por el asiento de polipiel. Por dentro, el coche era tan elegante y bien acabado como por fuera. Me froté las manos congeladas; luego saqué el móvil y lo encendí. Aún más llamadas perdidas y mensajes. Los ignoré y marqué el número de mamá. Nada. Comprobé la batería: seguía medio llena. Me di cuenta de que no tenía cobertura.

Jam comprobó si él tenía mientras el coche arrancaba. Lo mismo.

—Pasa a menudo por aquí —dijo Suzanna alegremente—. Vuelve a probar en cinco minutos.

Jam, que estaba muy cansado, se acomodó contra la ventanilla del otro lado del coche. Sacó su consola del bolsillo de la chaqueta y la encendió. Pero no se puso a jugar. Le dio la vuelta y frotó con el pulgar las minuciosas hendiduras de la parte posterior: las seis muescas que yo había notado en el motel.

—¿Para qué son? —dije.

—Para nada —se encogió de hombros Jam. Miró por la ventanilla mientras pasábamos a toda velocidad por delante de una hilera de tiendas en edificios de una planta.

Probé a llamar varias veces más, pero seguía sin cobertura. Lo dejé encendido.

—¿Queréis zumo? —Suzanna se estiró en el asiento del copiloto y nos pasó un par de cartones de zumo de naranja. Los engullimos ansiosamente.

Para alivio mío, Suzanna no nos hizo preguntas sobre de dónde veníamos o por qué estábamos en Leavington. Apoyé la cabeza en la fría y húmeda ventanilla del coche. Al cabo de unos minutos, empecé a amodorrarme. Miré a Jam: tenía los ojos cerrados y la cabeza reclinada contra el asiento.

Sentí que daba cabezadas.

Estaba de nuevo en la playa, sola y asustada. Llegué a la roca donde había visto el destello de pelo largo y negro. No había nadie. Me di la vuelta, empezando a entrar en pánico.
—Mamá —gemí—. ¿Dónde estás, mami?

Cuando desperté, estaba oscuro. El coche zumbaba por una carretera desierta. No había farolas, pero un resplandor blanco brillaba en el suelo. Me incorporé, aturdida.

Jam seguía dormido.

—No. —La voz de Suzanna sonaba grave y furiosa. Tardé un segundo en darme cuenta de que estaba

CHICA DESAPARECIDA

hablando por el móvil—. No me des órdenes, Taylor —escupió—. Es culpa tuya que estemos en este lío. Y, aun así, mira a quién le toca arreglarlo.

Arrojó el teléfono al asiento del copiloto, a su lado.

La cabeza no me funcionaba bien. «¿Taylor?». Había algo significativo en ese nombre. Algo que debía recordar.

—¿Dónde estamos? —Me froté la frente.

Suzanna me miró de reojo.

—Ya casi hemos llegado —dijo—. Oye, ¿sabes qué? Tenía razón: ha nevado. Lleváis horas durmiendo.

Me estremecí. Había algo en la forma de hablar de Suzanna, un tono duro en su voz, que antes no tenía. Busqué el teléfono en el bolsillo de mis vaqueros.

No estaba.

Quizá se me había caído al suelo. Me agaché y tanteé por el suelo del coche. Cuando llegué a donde estaba sentado Jam, tiré de su pantalón.

—¡Jam! Despierta. No encuentro mi móvil.

Jam bostezó y estiró los brazos.

—No está —dije.

—Tiene que estar —dijo Suzanna desde el asiento delantero. Tosió—. Pronto llegaremos a Logan. Cuando lleguemos, encenderé la luz para echar un vistazo.

Me recliné en mi asiento, incómoda. Estaba segura de que llevaba el móvil en el bolsillo antes de quedarme dormida. ¿Cómo se me podía haber caído?

Y ahora que lo pensaba, ¿cómo era posible que ya fuera de noche? Me miré el reloj: las siete de la tarde. Obligué a mi nublado cerebro a pensar. No podían ser más de las nueve de la mañana cuando salimos de casa de Bettina. ¿Cómo podíamos llevar más de diez horas durmiendo? Ya hacía rato que deberíamos haber llegado a Boston. Miré por la ventanilla, esforzándome por distinguir alguna señal de tráfico.

Nada. Solo nieve y árboles a ambos lados. Aquello ni siquiera parecía una carretera en condiciones.

Me deslicé por el asiento de polipiel y apoyé la cabeza en el hombro de Jam. Todo su cuerpo se tensó.

Desvié la mirada hacia el retrovisor central. Suzanna me estaba mirando fijamente. Enarcó las cejas y volvió a mirar a la carretera. Incliné la cabeza hacia arriba, hacia el cuello de Jam.

Podía sentir cómo se apartaba de mí.

—¿Qué estás...?

—Shh. —Mis labios encontraron el oído de Jam—. Creo que Suzanna me ha quitado el móvil —le susurré—. Y no creo que estemos cerca del aeropuerto Logan.

El aliento de Jam me calentó la mejilla. Se echó hacia atrás, rebuscándose en los bolsillos. Luego volvió a inclinarse hacia delante y susurró:

—El mío tampoco está. En cuanto pare el coche, nos bajamos, ¿vale?

—Eh, tortolitos, dejadlo ya —dijo Suzanna—. No os animéis ahora. —Soltó una carcajada hueca.

Volví a mi mitad del asiento trasero. Alargué los dedos y encontré la mano de Jam. Nuestros dedos se

CHICA DESAPARECIDA

enroscaron en torno a los del otro. El corazón me martilleaba la garganta.

—No me encuentro bien —dije—. ¿Podría parar el coche?

Suzanna me ignoró.

Aunque el coche seguía en marcha, ahora iba más lento, traqueteando sobre los baches del camino sin asfaltar. Agarré el tirador de la puerta. Se me ocurrió la idea desesperada de que Jam y yo podíamos saltar del coche en marcha. Pero la puerta estaba cerrada con llave. Oí a Jam tanteando el tirador de la otra puerta.

Suzanna se volvió hacia atrás desde su asiento.

—Dejad eso.

—¿Qué está haciendo? —Alcé la voz con pánico—. ¿Adónde nos lleva?

Oh, Dios; oh, Dios. Es una psicópata. De las que mamá dice que matan a dos niños al año. Y Jam y yo somos los dos niños de este año.

Suzanna me miró por el retrovisor.

—¿No me reconoces, cariño? —sonrió con malicia, falseando una voz tan dulce como el azúcar—. Soy Sonia Holtwood.

15. Sin escapatoria

Me quedé mirando con cara de tonta la parte posterior de su cabeza, su pelo castaño, acicalado y engominado. ¿Era Sonia Holtwood?

Mi mente estaba demasiado aturdida para encontrarle sentido.

—¿Qué quiere decir? —dije.

—Taylor me ha dicho que has estado haciendo preguntas —dijo la mujer en tono inexpresivo—. Intentando encontrarme. Así que he pensado que sería mejor si te encontraba yo a ti primero.

Fruncí el ceño, aún luchando por hacerme una idea de lo que pasaba. Taylor, otra vez ese nombre. ¿Dónde lo había oído hacía poco? Me acordé de repente: ¡era el nombre de pila del señor Tarsen!

—¿La llamó el señor Tarsen? —pregunté.

—Correcto. —La mujer encendió los focos del coche—. Le pareció obvio que sabías más de lo que decías.

No es que él hiciera nada. No, se limitó a apagar la alarma antirrobo, esconder tu expediente y esperar a ver qué hacías tú. Típico del maldito Taylor.

Mi mente se había colapsado como un ordenador sobrecalentado. Me quedé mirando por la ventana. Nos rodeaba un denso bosque de pinos. Estaba empezando a nevar.

—Pero... ¡si eres policía! —insistió Jam—. Vimos tu placa.

—Alquiler de disfraces. —Podía oír la sonrisa de suficiencia en la voz de Sonia Holtwood—. Eso es lo bueno de los turistas. Creéis que sabéis qué aspecto tienen los policías, pero solo los habéis visto en las series de televisión. Si no hubierais subido al coche, os habría arrestado —rio—. ¿Os encontráis bien?

De repente, todo encajaba.

—Nos ha drogado —dije—. ¡El zumo de naranja! Nos ha robado los móviles.

Miré a Jam de reojo. Su rostro, bajo la luz que se reflejaba en los árboles cubiertos de nieve del exterior, estaba más pálido que el de un fantasma.

—¿Qué quiere? —Me temblaba la voz—. ¿Qué va a hacer con nosotros?

Sonia me ignoró. Siguió conduciendo durante cerca de medio minuto y, luego, detuvo el coche a un lado del camino. Apagó el contacto, pero mantuvo los faros encendidos.

El miedo me aturdió como si me hubieran tirado un cubo de agua helada por encima. Alcancé el tirador de la puerta y traté de abrirla. Seguía bloqueada.

Sonia se dio la vuelta y nos miró fijamente a los dos.

—No tenéis ni idea de lo que es no tener nada —dijo—. Ni dinero, ni esperanza, ni futuro.

Forcejeé con la manija mientras el pánico se retorcía arañándome la garganta.

—¡Déjenos salir! —grité.

—Ya eras una princesita mimada a los tres años —se mofó Sonia—. Inteligente y blanca, ¡valías una fortuna!

Me volví contra ella. De repente, mi furia se superó a mi miedo.

—¡Tú me robaste de mi familia! Tú...

—Estaba endeudada —escupió Sonia—. Necesitaba el dinero.

—Maldito monstruo...

—¡Cállate! —Sonia alargó la mano y me dio una bofetada.

—¡Eh! —gritó Jam.

Jadeé ante el dolor repentino. Me llevé la mano a la mejilla.

Volví a reclinarme en mi asiento.

Jam me tendió la mano de nuevo.

Me quedé mirando el duro y furioso rostro de Sonia. Más allá de ella, a través del parabrisas, los copos de nieve blanca ondeaban amarillos a la luz de los faros del coche.

CHICA DESAPARECIDA

—Cuando Taylor me llamó —dijo—, podría haberme largado. Arriesgarme a huir de los federales. Pero entonces pensé: «¿por qué tengo que ser yo la que desaparezca? ¿Por qué voy a esconderme yo?». Así que te seguí desde ese motel de mala muerte en el que te alojabas.

Sus ojos eran como agujeros negros: muertos, vacíos.

De repente, me di cuenta de por qué el señor Tarsen no había venido él mismo a por nosotros ni había llamado a la policía cuando irrumpimos en la agencia. Sabía que podían rastrearnos hasta Marchfield e, inevitablemente, hasta él. No quería que nadie más nos buscara. Solo Sonia.

—No le diremos a nadie lo que hicieron —le supliqué—. Lo prometo.

Sonia enarcó las cejas.

—¿Ah, no?

Pulsó un botón en el salpicadero. Con un clic, ambas puertas traseras se desbloquearon. Abrí la mía de un empujón y me lancé al exterior, cerrando de golpe la puerta tras de mí. Un remolino de viento helado se enroscó a mi alrededor como una serpiente. Me di la vuelta y vi que Jam también salía del coche. Rápidamente, Sonia cerró la puerta del vehículo.

El aire de la noche era mucho más frío aquí que en Marchfield. Era como estar dentro de un congelador.

Sonia aceleró el motor del coche. Sentí una sacudida al comprender lo que se disponía a hacer.

—¡No! —gritó Jam.

Corrí para intentar abrir la puerta, pero estaba cerrada.

—¡Espere! —grité.

Sonia sonrió con maldad. Bajó la ventanilla un par de centímetros.

—¿No querías salir? —dijo.

—¿Dónde estamos? —gritó Jam.

—En mitad de la nada —dijo ella—. A treinta kilómetros de cualquier sitio con nombre.

Mi corazón martilleaba mientras la miraba fijamente. La nieve me azotaba la cara. Nunca en mi vida había tenido tanto frío. Me abracé a mi ligera chaqueta. Era lo mismo que no llevar nada.

Sonia empezó a dar marcha atrás.

—¡No puede dejarnos aquí! —gritó Jam, corriendo junto al coche.

Ver el terror en su cara fue lo que desencadenó que, al instante, todo mi cuerpo empezara a temblar.

—¡Moriremos congelados! —grité.

Sonia nos miró con el ceño fruncido.

—No me digas. —Hizo girar el coche a través del camino.

—¡Al menos déjenos nuestras cosas! —gritó Jam—. ¡Los móviles!

Pero Sonia se limitó a subir la ventanilla y encarar las ruedas en dirección contraria.

—No puede hacernos esto —dije.

Pero lo hizo.

CHICA DESAPARECIDA

El coche crujió sobre la nieve y desapareció lentamente en la oscuridad. Las luces traseras brillaron en la distancia, como los ojos dorados de un gigantesco gato. Después, también se desvanecieron en la noche.

El viento me mordía la cara. Seguía nevando. Me abracé las manos heladas bajo las axilas y miré al suelo. La nieve ya había cubierto las huellas dejadas por el coche.

En ese momento, me di cuenta de lo brillante que era el plan de Sonia y Tarsen. Nadie nos había visto subir al coche de Sonia. Nadie los relacionaría con el hecho de que estuviéramos aquí. De hecho, nadie sabía siquiera que estábamos aquí. Así que nadie nos estaba buscando.

Me miré las zapatillas, consciente de que pronto no notaría los pies. El cuero blanco estaba oscurecido por la nieve.

—Tenemos que seguir moviéndonos —dijo Jam junto a mí. Se estaba palpando los bolsillos—. ¿Llevas algo encima? ¿Lo que sea?

Negué con la cabeza. Jam se sacó la consola del bolsillo de la chaqueta. Me miró, con el rostro endurecido.

—¿No podemos encontrarle alguna utilidad a eso? —pregunté, con los dientes castañeteando.

—No soy Alex Rider[2] —espetó Jam.

---

2. Alex Rider: superespía protagonista de una saga literaria juvenil británica.

Echamos a andar por el camino. Me caían copos de nieve en la nariz, las mejillas y el pelo. Uno se me derritió en el cuello y me resbaló fríamente hasta la espalda. Ya no podía controlar el temblor. Miré de reojo a Jam.

—¿Cómo de lejos crees que estamos de la carretera?

Se encogió de hombros.

—Kilómetros. Pero este camino tenía curvas. Tendríamos que cruzar entre los árboles. Tal vez así acortemos camino y ahorremos tiempo.

—¿Y si pasa un coche? ¿No sería mejor quedarnos en el camino?

Jam me miró fijamente.

—No va a pasar ningún coche. —Su voz era mordaz—. Por eso nos ha dejado aquí.

Se dio la vuelta y se adentró entre los árboles que quedaban a la izquierda.

Corrí tras él, sin que mis pasos hicieran ruido en la espesa nieve. El corazón me latía a toda velocidad en la caja torácica. Podía saborear el miedo en mi garganta. ¿Qué iba a pasarnos? Jam caminaba a zancadas junto a mí, sin mirarme.

¿Por qué se comportaba como si fuera culpa mía? Vi mi aliento saliendo de la boca en una densa nube blanca.

Caminamos durante lo que parecieron kilómetros. Los pinos cada vez estaban más juntos, la nieve se iba volviendo más alta y helada. Tenía los brazos y las piernas rígidos y entumecidos. Un animal aulló en algún lugar a lo lejos.

CHICA DESAPARECIDA

—¿Crees que hay lobos por aquí? —dije.

—Sí —dijo Jam con sarcasmo—. Y osos. Pero tranquila, probablemente nos mate el frío antes que los animales salvajes. —Sacó su consola del bolsillo y pasó el dedo por las ranuras de la parte posterior.

Obligué a mis pies congelados a que siguieran moviéndose. Llevaba el jersey de algodón empapado por la nieve. Se me pegaba contra el cuerpo como una piel gruesa y húmeda.

—Venga —me instó Jam—. Hay que ir más rápido.

Me mordí el labio.

—¿Por qué estás tan enfadado conmigo? —dije.

Jam se dio la vuelta. De repente, su rostro se contorsionó de rabia. Su voz retumbó por encima del viento helado.

—¡No me lo puedo creer, Lauren! —gritó—. Siempre tiene que tratarse de ti, ¿no? Eres la persona más obsesionada consigo misma que he conocido jamás.

Se me hizo un nudo en la garganta.

—¿Qué quieres decir?

Jam extendió la mano, desprendiendo la nieve de una rama.

—¿No lo entiendes? —Señaló hacia los árboles y el cielo—. Estamos en mitad de la nada. Vamos a morir congelados. ¿Y crees que estoy enfadado contigo?

—No quería...

—No, claro que no querías. Igual que no era tu intención arrastrarme por medio mundo y obligarme a subir al coche de una maníaca homicida.

—Yo no te obligué...

—No —rugió Jam—. Me lo pediste y yo te dije que sí. Porque soy incluso más idiota que tú egoísta.

Me quedé mirándolo fijamente, con todo el cuerpo temblando de miedo, frío y conmoción.

—Jam... —empecé.

—No. —Jam se dio la vuelta y se alejó a grandes zancadas entre los árboles. Intenté seguirlo, pero las piernas me temblaban demasiado. Tropecé y me caí sobre la nieve.

Me incorporé, sollozando.

—¡Jam! —grité—. ¡Lo siento!

Silencio.

Miré a mi alrededor. La única luz era la del cielo nublado y la del blanco de la nieve a mi alrededor. Estaba rodeada de pinos.

No había rastro de Jam. Las lágrimas corrían por mi cara. Intenté ponerme en pie, pero me dolían demasiado las extremidades. Estaba mareada. La respiración me salía entrecortada.

Estaba sola. El miedo me devoró: abría un agujero oscuro en mi corazón en el que yo no era nada. No era nadie.

CHICA DESAPARECIDA

Me deslicé hacia el suelo, esperando notarlo duro y frío. Pero no fue así. Sentí la nieve suave y cálida, como un edredón. Me quedé tumbada, invadida por una deliciosa sensación de somnolencia. Todo lo que deseaba era dormir. Eso me llevaría hasta la mujer de la playa. A casa.

Cerré los ojos y me sumergí en la oscuridad.

16. Glane

Oía voces a lo lejos. Alguien gritaba mi nombre. Un líquido caliente y húmedo se coló entre mis labios y resbaló por mi barbilla. Té, té dulce.

Gruñí. Odio el azúcar en el té.

—¿Estás bien?

Era la voz de Jam. Me esforcé en abrir los ojos, pero los párpados me pesaban demasiado.

Una mano grande y callosa me presionó la frente.

—Déjala dormir —dijo una ronca y amable voz.

Sabía que había una pregunta que quería hacer, pero estaba demasiado cansada para pensar en cuál era, no digamos ya para abrir la boca y hablar. Me di la vuelta. Una especie de manta suave y peluda me hacía cosquillas en la barbilla. Tosí y volví a acurrucarme.

Estaba corriendo hacia la gran roca. Oía risas al otro lado. Me acerqué sigilosamente, pisando la arena con cuidado. Me asomé al otro lado de la roca. Allí estaba ella, de espaldas a mí. Su largo pelo negro le caía hasta la cintura. Era brillante y suave. Alargué la mano y se lo acaricié.

Se dio la vuelta y sonrió. Y por fin le vi la cara. Era joven y llena de vida, con los ojos más amables y azules que jamás había visto. Me quedé sin aliento. Era preciosa, ¡como un ángel!

—¡Mi pequeña! —dijo—. Me has encontrado.

Más tarde, mucho más tarde, me desperté desorientada. Una luz naranja brillaba a través de mis párpados, cerrados. Tenía la cara caliente. Moví los brazos y las piernas. Los sentía débiles, pero no heridos.

Abrí los ojos.

Estaba en una especie de cabaña de madera. Era humilde, pero estaba limpia. Había una mesa y dos sillas en una esquina, junto a un gran armario. Al otro lado, un enorme fuego crepitaba en la chimenea, junto a un montón de troncos cortados de forma tosca.

Había una pared forrada de estanterías llenas de libros. Jam estaba acurrucado en un cojín en el suelo, bajo las estanterías, leyendo. Le caía un mechón de pelo sobre los ojos, casi tocándole la nariz.

Debió de notar que lo miraba porque levantó la cabeza. Su rostro se deshizo en una enorme sonrisa.

—¡Lauren! —dijo—. ¿Cómo te encuentras?

Me incorporé sobre los codos.

—Tengo hambre —dije—. ¿Dónde estamos?

—Al norte de Vermont. En el parque natural Cold Ridge. —Jam se acercó corriendo al fuego y agarró una tostada que colocó sobre un trapo de cocina de al lado de la chimenea—. Estamos en casa de Glane. —Jam me la trajo y también una jarra de agua que había junto a la puerta.

—¿Quién es Glane?

Mientras sorbía el agua, volví a examinar la habitación. Había una hilera de hermosas tallas de madera a lo largo del alféizar de la ventana. Elegantes óvalos, formas onduladas y círculos con agujeros.

—Ya verás —dijo Jam—. Volverá pronto. Es quien nos ha encontrado.

—¿Encontrado? —dije.

Jam asintió.

—En el bosque. Primero me encontró a mí. —Se ruborizó—. Yo... Oh, Lauren, lo siento, siento haber echado a correr...

Me encogí de hombros, sin saber muy bien qué decir. En los primeros instantes tras despertarme, había olvidado que Jam me había abandonado en la nieve. Ahora aquello volvía a mi memoria, junto con todo lo demás: ¡Sonia Holtwood!, saber con certeza que me había secuestrado cuando era pequeña y la cara de ángel de mi madre. El rubor de Jam se intensificó.

CHICA DESAPARECIDA

—Pero quiero que lo sepas: en realidad, no me fui a ningún sitio. O sea, solo me alejé un momento. Sabía dónde estabas...

La puerta de la cabaña se abrió de golpe, dejando entrar una corriente de aire frío y una brillante luz solar. Durante un segundo, pude ver el azul del cielo y la nieve que se extendía desde la puerta. Luego, una enorme figura completamente envuelta en pieles y lana apareció en el umbral, con un rifle colgado al hombro.

La figura se sacudió las botas antes de entrar a grandes zancadas.

—Este es Glane —dijo Jam. Había un toque de orgullo en su voz, casi como si estuviera presumiendo del hombre ante mí.

Glane se quitó el sombrero y los guantes. Por encima de su tupida barba, tenía un rostro arrugado y curtido. Era imposible adivinar su edad. Sus ojos de un profundo marrón centelleaban cuando se adelantó para estrecharme la mano.

—Hola, Lauren. ¿Cómo estás? —Su acento era estadounidense, con un ligero timbre nasal y monótono.

Bajé las piernas de la cama, colocando los pies sobre la descolorida alfombra.

—Estoy bien —dije.

No era racional estar nerviosa. Aquel hombre nos había salvado la vida. Pero ¿qué hacía aquí, en mitad de la nada? ¿Vivía allí como una especie de ermitaño?

Glane me miró y me sentí incómoda, como si pudiera ver lo que estaba pensando.

—Ahora que Lauren se ha despertado, supongo que tendremos que irnos —dijo Jam.

No parecía que le apeteciera mucho.

—¿Cuánto tiempo he estado dormida? —dije.

—Toda la noche, todo el domingo y la mayor parte de hoy —sonrió Glane—. Se ha hecho tarde para ir a ningún lado. Pero, si no nieva, saldremos mañana por la mañana.

Miré a Jam.

—¿Has llamado a mamá?

Sacudió la cabeza.

—Aquí no hay teléfono.

—¿Estás de broma? —dije, sorprendida.

La risa de Glane fue como el estallido de un trueno.

—No hay teléfono, ni electricidad, ni comodidades modernas de ningún tipo.

Volví a escudriñar la habitación. Era completamente espartana. Y, sin embargo, también tenía toques suaves: las tallas de madera, una cortina marrón en la ventana y un cuenco de piñas sobre la mesa.

—Vaya, sería genial poder volver ya —dije.

Supongo que debería haber estado pensando en mamá y papá, y en lo preocupados que estarían. Y una parte de mí tenía miedo de Sonia Holtwood, de que de algún modo descubriera que nos habían rescatado y volviera a por nosotros.

CHICA DESAPARECIDA

Sí, todos esos sentimientos estaban ahí, como ruido de fondo en mi cabeza. Pero se desvanecieron al recordar la imagen de mi madre, la hermosa mujer en la playa. Ahora que había visto su cara, ahora que Sonia había admitido que me había raptado, nada me iba a impedir encontrarla en cuanto saliera del bosque.

—No hay problema. —Glane se sentó a la mesa—. El pueblo más cercano es Wells Canyon, a unos treinta kilómetros. Podríamos llegar en un día, pero tendré que prestarte mis botas de repuesto. Las tuyas están rotas.

Seguí su mirada hacia el rincón donde estaban tiradas mis zapatillas. Desde allí, podía ver las grietas en las suelas.

Glane se levantó, su enorme cuerpo dominaba la pequeña habitación. Me quedé mirando sus enormes pies.

—No creo que tus botas me sirvan —tartamudeé.

Glane se rio con una carcajada poderosa, grave, salida de las entrañas.

—No, pero esta noche las forraré por dentro. —Se volvió hacia Jam—. He cazado un par de conejos. ¿Me ayudas a despellejarlos?

Uf, un ermitaño rarito y, además, ¡asesino de conejos!

Miré a Jam, esperando que pusiera cara de asco. Pero, para mi sorpresa, Jam ya se había puesto en pie de un salto y estaba a medio camino de la puerta.

¿Estaba de broma? ¿Despellejar a un animal? ¡Qué cosa tan repugnante!

—¿Lauren? —Glane me sonrió—. ¿Quieres ayudar?

Negué con la cabeza. *¿Qué quería? ¿Que vomitara?*

—Estos chavales... —sonrió Glane—. No os gusta tocar bichos muertos, pero luego bien que os los coméis.

Parpadeé.

—Descansa —continuó Glane—. Echa otro tronco al fuego si quieres. Y puedes curiosear por la casa.

Salió afuera con Jam. Exploré la cabaña. En uno de los grandes armarios había algo de comida seca y una montaña de platos y tazas. En el otro, tres violines a los que les faltaban partes del revestimiento de madera. Había una extraña mezcla de libros. Montones de libros de tapa dura llenos de fotos rígidas y brillantes de antiguos instrumentos musicales. Y una hilera de manuales endebles con títulos del estilo de *Cómo desplumar un pollo* o *Cocina básica al aire libre.*

¿Quién era ese tipo?

Glane volvió a entrar justo cuando yo estaba picoteando otra tostada. Di un paso atrás, con culpabilidad.

—Come —dijo—. No pasa nada. —Agarró un gran cubo de madera y se dio la vuelta para volver a salir.

—¿Cuánto hace que vives aquí? —tanteé.

Glane sonrió.

—No vivo aquí. Solo vengo un mes al año. Hoy iba a volver a casa, en Boston.

Intenté imaginármelo en una ajetreada y bulliciosa ciudad.

—¿Vives en Boston?

Glane asintió.

—Trabajo allí. Reparo instrumentos musicales.

Lo vi recorrer la nieve a zancadas hasta donde Jam esperaba junto a un tocón de árbol. El sol se reflejaba en una enorme hacha a sus pies. Glane la sostuvo como si fuera un juguete y la balanceó por detrás de su cabeza. Le estaba enseñando a Jam cómo usarla.

Genial. Un ermitaño violinista rarito y ¡asesino de conejos!

Jam agarró el hacha e imitó el balanceo de Glane. La alzó por el aire y la dejó caer con un ruido sordo. El hacha se estrelló contra el tocón del árbol.

—La vida en el campo —murmuré. Respiré hondo y exhalé el aire.

Jam se acercó a un montón de nieve. Glane le dio el cubo que había sacado de la cabaña y señaló un trozo de nieve. Me calcé las zapatillas agrietadas y salí. El sol estaba bajo, pero me calentaba la nuca.

La cara de Jam brillaba de alegría cuando me acerqué.

—Glane me está enseñando qué trozos de nieve se pueden usar para derretirla y obtener agua —dijo.

Me entraron ganas de reírme.

Oh, genial. Eso nos vendrá muy bien cuando volvamos al norte de Londres.

Pero Jam parecía tan emocionado y satisfecho de sí mismo que no dije nada.

Tras un par de minutos, pude sentir cómo la nieve se colaba por las grietas de mis zapatillas. Volví a la cabaña a trompicones.

El rostro de mi madre seguía presente en mi cabeza. Una presencia más fuerte que el bosque y la nieve, más fuerte incluso que Jam.

Me senté junto al fuego y me quedé mirando las llamas. Si pudiera encontrarla, el resto de mi vida tendría sentido.

Sabría quién era, por fin.

17. Real como la vida misma

Cayó la oscuridad. Glane encendió dos linternas y luego cocinó un guiso con la carne de conejo y algunas hierbas. Olía delicioso, pero la idea de comérmelo habiendo visto cómo despellejaban a los conejos me dio náuseas.

Jam se relamió.

—¡Impresionante!

—¿En serio? —dudé.

La boca de Jam se convirtió en una amplia sonrisa.

—Pruébalo.

Probé a sorber una cucharada de la salsa de carne. ¡Estaba buenísima! Y tenía hambre.

Así que comí.

Cuando acabamos, Glane sacó los platos afuera. No creía estar cansada, pero, en cuanto me tumbé en la cama, me sumí en un sueño cálido y confortable.

*Allí estaba de nuevo: mi madre, con la cara llena
de amor por mí, se inclinó sobre mí y me acarició
la mejilla. Sus dedos eran suaves y cálidos; su
toque, ligero.*

*Mi corazón dio un salto. Era real. ¡Estaba allí!
Estaba ocurriendo de verdad.*

Me esforcé por salir del sueño. Me obligué a abrir los
ojos. No había nadie. Miré a mi alrededor. La cabaña
estaba vacía, salvo por Jam, de pie a un par de metros
mirando uno de los libros de Glane. Estaba totalmente
concentrado ante las páginas, completamente absorto en
la lectura.

Me recosté, dejando que las oleadas de añoranza flu-
yeran por mis adentros.

Glane entró pisando fuerte, trayendo consigo una ráfaga de aire helado. Se acercó al fuego y se sentó.

—Hora de hacer el forro de tus botas —anunció—. ¿Me
ayudas, Lauren?

No pude negarme.

Por un horrible segundo, pensé que iba a usar la piel
del conejo de antes.

Entonces, rebuscó en una cesta del suelo y sacó algunos retales de lana. Suspiré aliviada.

Glane me envolvió el pie con el material y luego lo
comparó con un par de botas de caminar. Lo ayudé a cortar y coser la lana. Poco después, aquello empezó a tomar
una forma parecida a una bota.

CHICA DESAPARECIDA

Jam seguía sin levantar la vista de su libro.

—¿No necesita Jam también forros para las botas? —pregunté.

—A él no se le estropearon —dijo Glane.

Me retorcí incómoda en la silla. ¿Cómo conseguía Glane que todo lo que decía sonara como el final de una conversación?

Jam dejó por fin su libro. Caminó hacia la puerta.

—Me voy afuera —sonrió—. Para vivir otra gélida experiencia: la de mear al aire libre.

Mientras cerraba la puerta tras de sí, me di cuenta de que Jam realmente estaba disfrutando de estar allí. Desde luego, se sentía más cómodo con Glane que yo.

Una punzada de celos me retorció el estómago. No estaba acostumbrada a compartir a Jam con nadie.

Me acerqué a mirar el libro que había estado leyendo, uno de los endebles manuales: *Encender fuego sin cerillas.*

Por el amor de Dios...

Glane había dejado el forro de la bota y me estaba mirando. El corazón me dio un vuelco. *Aquí viene. Un ermitaño rarito ataca con un hacha a una adolescente indefensa en una cabaña de madera en mitad de la nada.*

—¿Así que estás buscando tu pasado? —dijo Glane en tono casual.

Me quedé mirándolo, sorprendida.

—¿Te lo ha contado Jam?

Glane asintió.

—Por supuesto. ¿No pensarás que no le he preguntado qué hacíais congelándoos en el bosque?

Me di la vuelta. Era mi secreto, mi historia. Jam no tenía derecho a contárselo.

—No te enfades —dijo Glane suavemente—. ¡Pensó que ibas a morir! Estaba muy asustado y muy nervioso. Le avergonzaba haber perdido los nervios y haber huido.

Levanté la vista.

—¿También te habló de eso?

Glane asintió, volviéndose hacia la lana. Sus dedos eran enormes salchichas, pero se movían con destreza sobre el tejido.

—Hablamos de ello mucho rato mientras estabas dormida. Los dos estuvimos de acuerdo en que un hombre no debería comportarse así.

Sacudí la cabeza, mi irritación hacia Jam se convirtió en fastidio por Glane. Vale, quizá el tipo no era un asesino con hacha, pero sin duda era un imbécil engreído.

—No veo qué tiene que ver con ser un hombre —solté—. De todas formas, Jam solo tiene quince años. No es exactamente un hombre.

—Está intentando convertirse en uno —dijo Glane. Tiró del forro polar cosido, probando a ver si aguantaba—. No es tan fácil como parece; sobre todo sin un padre para guiarlo. Toma, tus forros están terminados.

Me los entregó. Parecían calcetines gruesos y peludos.

—Jam tiene un padre —aseguré—. Su madre está divorciada, no viuda. Soy yo quien ha perdido a mis padres.

CHICA DESAPARECIDA

Glane acercó la linterna y empezó a recoger los retazos de lana.

Las palabras salieron de mi boca antes de que me diera cuenta de que iba a decirlas.

—He visto su cara en mis recuerdos —dije—. ¡He encontrado a mi verdadera madre! O sea..., en mi sueño. Pero sé que está ahí, esperándome.

Me detuve. ¿Qué estaba haciendo? Mis recuerdos eran privados, secretos, frágiles. Y ahí estaba yo, cotorreando sobre ellos con ese tipo raro al que acababa de conocer.

Glane me miró fijamente.

—Pero, Lauren —dijo—, todo esto está en tu cabeza. No es real.

Me puse los forros de las botas.

Glane no lo entendía. ¿Cómo iba a entenderlo? Es imposible explicar lo que se siente cuando algo dentro de tu cabeza es tan real como la vida misma.

18. Fuera de peligro

Salimos muy temprano a la mañana siguiente. Unos cuantos copos de nieve caían de un cielo nublado, pero Glane confiaba en que no habría tormenta. Nos prestó jerséis, gorros y guantes.

Los forros de lana que Glane había confeccionado acolchaban bien sus enormes botas de senderismo, pero aun así eran grandes y pesadas para mis pies. Me dolían las piernas. Así que nos detuvimos a comer un poco de pan —horneado la noche anterior en una lata sellada en el fuego de la cabaña— y a beber agua —nieve fresca derretida, hervida y luego enfriada—.

Caminamos y caminamos entre árboles interminables y senderos cubiertos de nieve. Glane no consultó un mapa ni una sola vez, pero parecía saber exactamente adónde iba en todo momento.

Era casi de noche cuando llegamos al albergue Wells Canyon, a las afueras de lo que Glane dijo que era un

CHICA DESAPARECIDA

pueblecito a unos trescientos kilómetros al este de Burlington. Tenía las piernas totalmente agotadas y los ojos doloridos por el sol y la nieve.

Glane hizo la reserva para pasar la noche y subimos. Mientras Jam y yo avanzábamos por el pasillo hacia nuestras habitaciones, se me revolvía el estómago. Me daba miedo llamar a mamá. Ya estaría bastante enfadada conmigo por haberme escapado. ¿Cómo demonios iba a conseguir que entendiera lo mucho que necesitaba encontrar a mi madre biológica?

Jam también parecía bastante ansioso. Entró en su habitación sin decir nada. La mía estaba unas puertas más lejos. Estaba bastante vacía, pero también limpia. Pasé la mano por la mullida colcha de algodón. Un gran teléfono, blanco y anticuado, estaba junto a la cama. Me quedé mirándolo.

Tardé cinco minutos en armarme de valor y marcar el número del móvil de mamá.

—¿Diga? —contestó una voz, como un resorte enrollado.

—¿Mamá?

—¡Lauren! —La voz casi se derrumbó sobre sí misma—. ¿Estás bien? ¿Estás a salvo?

—Estoy bien, mamá, todo va bien.

—Dios mío, Lauren. —Mamá se deshizo en lágrimas.

Me senté en el borde de la cama.

—Lo siento, mamá.

—¿Dónde estás?

Se lo conté. Pero, cuando intenté explicarle lo que había pasado, ella solo me preguntaba una y otra vez si estaba bien de verdad.

—Seguimos en Boston, pero podemos estar contigo en unas horas —dijo—. Papá también está aquí. ¡Y el FBI! Te rastrearon hasta Burlington, pero nadie logró encontrarte después de eso. Tendrás que contarles quién se te llevó del aeropuerto, pero...

Me incorporé, con el corazón latiendo con fuerza. ¿De qué estaba hablando?

—Espera, mamá. Escucha. En el aeropuerto Logan, nos fuimos... aposta. Fui yo, que convencí a Jam. Pero tenía que averiguarlo, saber de dónde vengo.

Silencio conmocionado.

—¿Qué? —jadeó mamá.

—No querías decírmelo, así que... fuimos a Marchfield. Yo...

—¡Pensaba que te había secuestrado algún loco en el aeropuerto! —chilló mamá—. Pensaba que estabas *muerta*, Lauren.

—Pero te envié un mensaje para que supieras que estábamos bien —tartamudeé—. No quería que te preocuparas. Siempre estás diciendo que los psicópatas son muy poco comunes.

—¿¡Que no me preocupe!? —chilló mamá—. ¿¡Cómo iba a saber que no había alguien obligándote a enviar ese mensaje!?

CHICA DESAPARECIDA

Mi cabeza se inundó de culpabilidad. No se me había ocurrido esa posibilidad.

Mamá aspiró aire.

—Así que, mientras yo he estado aquí sentada sin poder dormir ni comer durante cinco días seguidos, tú has estado tonteando con tu novio por Estados Unidos, intentando averiguar cosas que decidimos no contarte porque pensábamos que no eras lo bastante mayor. Algo que acabas de confirmar con tu absoluto egoísmo...

—Pero... —dudé, intentando averiguar qué decir para que me entendiera—. Mira, lo siento, mamá. Se suponía que solo íbamos a estar fuera unas horas. Escucha. Mamá, yo... sé lo de Sonia Holtwood y...

—Tú no sabes nada, Lauren. —La voz de mamá se había vuelto áspera y grave.

—Mamá, nos siguió —alegué—. Nos engañó... Intentó matarnos. —Me estremecí recordando cómo me había sentido en el coche y en el bosque.

—Acabas de decir que os fuisteis por voluntad propia.

—Y así fue. Lo otro pasó más tarde, después de ver al señor Tarsen. —Me detuve. Era inútil. La explicación de los hechos me estaba quedando confusa. De cualquier modo, nada de eso importaba. Solo una cosa era importante—. Mamá, tienes que escucharme. Sonia Holtwood admitió lo que hizo cuando yo era...

—¡BASTA! —El grito de mamá fue tan fuerte que me aparté el teléfono del oído.

Me quedé sentada, mientras mi corazón latía con fuerza. Volví a acercarme lentamente el auricular al oído. Podía oír a mamá respirando agitadamente al otro lado. De repente, recordé lo que Sonia había dicho sobre que yo valía «una fortuna» cuando era pequeña.

Alguien debía de haberle pagado esa fortuna a Sonia. ¿Por qué si no me habría dejado ir?

—¿Me compraste? —susurré. Se me hizo un nudo en el estómago—. ¿Le pagaste para que me raptara?

Pero mamá se puso en modo enérgico y organizado.

—Ya basta, Lauren —dijo—. Vamos a por ti. Estaremos aquí en unas horas.

—Pero...

—Ya lo hablaremos cuando lleguemos.

Colgó.

Me senté en la cama, encorvada sobre las rodillas.

¿Cómo podían haber hecho eso? No había otra explicación. Mamá y papá eran unos monstruos que le habían pagado a Sonia para que me robara de mi verdadera madre, mi hermosa y angelical madre.

No me extrañaba que se hubieran negado a decirme nada sobre mi adopción. Apreté los dientes, odiándolos con cada célula de mi cuerpo. No los necesitaba. No necesitaba a nadie más.

Y fue entonces cuando se me ocurrió el único paso posible a seguir.

Bajé a la sala de ordenadores del albergue y me conecté a Internet.

19. De vuelta a casa

Una hora más tarde, estaba de vuelta en mi habitación.

Me di un baño y me cambié de ropa.

No sé cómo, Glane nos había conseguido a mí y a Jam algo de ropa de repuesto del alojamiento, que se habían dejado antiguos empleados. La mía era totalmente horrenda: un par de pantalones extragrandes de estampado militar verdes, dos sudaderas insoportablemente grises y un par de viejas zapatillas deportivas de un rosa intenso. Me pasé por el pelo el diminuto peine de plástico del baño, deseando tener cera para el pelo, una lima de uñas y algo de maquillaje. El frío y la nieve me habían dejado la piel enrojecida y los labios agrietados.

Me miré en el espejo.

Mi corazón se encogió.

No quería tener ese aspecto cuando encontrara a mi madre biológica. Era tan hermosa que me costaba creer que fuera hija suya.

Bajé al comedor del albergue y atravesé un mar de mesas vacías hasta llegar a una cerca de la barra, en la que estaban sentados Jam y Glane. Había una botella de cerveza frente a Glane, que parecía otra persona. Su barba había desaparecido y vestía unos vaqueros oscuros y una moderna camiseta blanca. Cuando me acerqué, apartó la vista del menú que estaba estudiando.

—Mmm. —Se relamió—. Tortitas de trigo con sirope de arce para mí.

Me senté.

—¿Hoy no hay conejos desollados? —dije.

Glane sonrió.

—No. De todas formas, solo como carne cuando no hay otra cosa. Y cuando la he cazado yo mismo. —Me miró de reojo—. No veo por qué otra persona tendría que despellejar mis conejos por mí.

Lo ignoré y carraspeé.

—Tengo algo que deciros.

—¿Qué?

Jam dio un largo trago a la cerveza de Glane. Me di cuenta de que también llevaba ropa nueva. Mucho más bonita que la mía. Vaqueros y un jersey negro. Tenía el pelo húmedo y peinado hacia atrás, apartado de la cara.

Vacilé.

—Martha Lauren Purditt desapareció en Evanport, cerca de donde nació. Está en Connecticut.

Jam levantó las cejas.

—¿Y?

—Voy a ir allí ahora mismo. Lo he comprobado en Internet. Los Purditt, la familia que la perdió, aún viven allí.

Jam frunció el ceño.

—¿Cómo sabes que son los mismos Purditt? —dijo.

—He mirado las noticias de cuando... de cuando Martha desapareció —suspiré—. Se llaman Annie y Sam Purditt. Hay fragmentos de su dirección en las diferentes historias. Debería haberlo hecho hace años, pero había cosas que no sabía hasta ahora.

La cara de mi madre. Ahora que sé cómo es, solo tengo que mirarla y sabré si soy Martha o no.

Glane se rascó la barbilla recién afeitada.

—¿Y qué pasa con tus padres? ¿Y la policía?

No me atrevía a decirle que estaba segura de que, para empezar, mamá y papá habían participado en mi secuestro.

—Mamá y papá no entienden lo importante que es para mí saber quién soy —dije patéticamente.

Una lenta sonrisa se curvó en la boca de Glane.

—Esa búsqueda de tu familia biológica no te dirá quién eres. Solo te dirá si eres la hija desaparecida de alguien.

Negué con la cabeza.

—¿No crees que la familia de la que fui raptada tiene derecho a saber lo que me pasó?

—Sí, estoy de acuerdo. Pero va a ser duro. Para todos. Deberías esperar. Habla primero con la gente. —Glane hizo una pausa—. Lauren, creo que solo ves una ilusión.

No te fijas en la realidad. Lo que tienes delante de las narices.

Me levanté.

—Vale. De todas formas, voy a ir.

—¿Cómo? —interrumpió Jam—. ¿Cómo piensas llegar? —Dio otro trago a la cerveza de Glane.

Respiré hondo.

—Voy a hacer autostop.

Jam escupió la cerveza en el mantel.

—Ni hablar —dijo enfadado—. No me puedo creer que te lo plantees después de todo lo que nos ha pasado.

—¿Y qué otra cosa puedo hacer? —Bajé la mirada, con la cara ardiendo—. Solo quería daros las gracias a los dos por todo lo que habéis hecho. Os lo compensaré lo antes que pueda.

Me temblaban las manos mientras me alejaba.

Me quedé en la entrada del hotel, poniéndome la segunda de mis dos feas sudaderas. La autopista estaba a unos cientos de metros camino arriba.

Me rugió la barriga. Empecé a desear haber programado mi salida dramática para después de comer. Pero, aun yéndome de inmediato, probablemente solo tenía unas horas antes de que llegaran mamá y papá.

—Nadie te va a llevar en coche con esos zapatos —dijo una voz detrás de mí.

Me giré. Jam tenía la vista clavada en mis zapatillas rosa intenso. Levantó la mirada.

CHICA DESAPARECIDA

—No puedes hacer eso, Cerebro de Láser. Es demasiado peligroso.

—Es decisión mía. —Me crucé de brazos y me fui. Maldición, qué frío hacía.

—¿Por qué estás enfadada conmigo? —dijo Jam.

—No lo estoy —dije, acelerando el paso.

—Entonces, ¿por qué me dejas de lado? ¿Y a qué viene toda esa mierda de «te lo compensaré cuando pueda»? Creía que éramos amigos.

—¿En serio? Pensaba que ahora eras amigo de Glane.

Puse una mueca de dolor mientras las palabras salían de mi boca. Sabía que sonaba infantil y estúpida.

Jam me agarró del brazo para impedir que siguiera caminando. Tiró de mí para que lo mirara.

—¿Estás celosa? —sonrió.

—Claro que no. —Lo fulminé con la mirada—. Es solo que sé que piensas que estoy obsesionada y que soy egoísta. Suponía que ya no querrías ayudarme.

Estábamos en el límite de los terrenos del albergue. Las luces que marcaban el inicio de la autopista titilaban más adelante. El lugar donde Jam me sujetaba del brazo era el único punto cálido de todo mi cuerpo.

—Sí, creo que estás obsesionada —dijo lentamente—. Pero sigues siendo mi amiga.

Me quedé allí plantada, intentando no temblar en el cortante aire de la noche. Sentí una punzada de culpabilidad. Había sido mezquino por mi parte marcharme sin más cuando él se había portado tan bien.

Jam me soltó, luego sacó su consola del bolsillo y frotó el pulgar sobre las muescas de la parte trasera.

Dudé sobre qué hacer. Después de todo lo que habíamos pasado, no quería que nos despidiéramos así.

—¿Se enfadó tu madre cuando hablaste con ella? —le dije.

—Se podría decir que sí. —Jam puso los ojos en blanco—. Por lo que parece, les contó a tus padres lo de esa estúpida sesión de hipnoterapia y ahora están furiosos con ella por animarte. Así que ahora está enfadada con ellos. Y enfadada conmigo por escaparme. Ha venido, ¿sabes? Está en el mismo hotel que tus padres. Y también está enfadada por eso, por tener que dejar a mis hermanas con amigos.

—¿Y tu padre?

—No, está demasiado ocupado con su nueva familia. —El rostro de Jam se endureció, como una máscara—. Parece ser que iba a venir si yo no aparecía al cabo de una o dos semanas.

Fruncí el ceño. Mamá había dicho que mi padre había volado a Estados Unidos en cuanto desaparecí... y yo sabía lo ocupado que estaba.

—¿Una o dos semanas?

Jam señaló las seis ranuras de la parte posterior de su videoconsola portátil.

—¿Recuerdas que me preguntaste por ellas? —Su voz era baja, ligeramente temblorosa—. Cuando subimos al coche con Suzanna, o Sonia, o como se llamara...

Asentí.

—Mi padre me regaló esta consola cuando tenía doce años. No lo he visto desde entonces. He hecho una marca por cada vez que he hablado con él desde entonces. Cada vez que ha prometido venir a verme y no lo ha hecho.

Lo miré fijamente. Glane tenía razón. No veía las cosas que tenía delante de mis narices.

—Lo siento —tartamudeé—. No tenía...

—No lo sientas —soltó Jam—. Me da igual mi padre.

Hubo una pausa incómoda.

—Mira —dije—. No es que quiera ir sola. Pero sé que te parece una idea de mierda...

—Nunca he dicho eso —suspiró Jam—. Es solo que... ¿por qué hacer todo esto sola? La policía lo va a investigar todo. Después de lo que ha hecho Sonia Holtwood, tendrán que tomarse en serio la idea de que eres una niña robada. ¿No lo ves? Todo va a salir a la luz, hagan lo que hagan.

Tenía razón. Y ese era exactamente el problema.

Miré hacia la autopista. Hacía frío. Y sabía que era arriesgado pensar siquiera en hacer autostop hasta Evanport. Pero no podía soportar la idea de que otras personas encontraran a mi verdadera madre. Que otras personas le hablaran de mí a mi verdadera familia. Todos los funcionarios entrometiéndose.

Me encogí de hombros.

—Tengo que hacerlo, Jam.

—Vale. —Para mi sorpresa, una lenta sonrisa se dibujó en su cara—. Entonces, vamos adentro un momento —dijo—. Se me ha ocurrido una forma mucho mejor de llegar que haciendo autostop.

20. Evanport

Había vivido tantas emociones en las últimas veinticuatro horas que me cuesta recordar lo agradecida y aliviada que me sentí cuando Jam me llevó de nuevo al comedor para contarme lo que había organizado.

—He conseguido que Glane acepte que, si no consigo convencerte de que no vayas, él mismo nos llevará a Evanport.

Glane seguía en la mesa. Me miró solemnemente.

—No puedo dejar que hagas autostop, Lauren. Pero solo te ayudaré si les dices a tus padres lo que estás haciendo y si llamamos a la policía en cuanto encuentres a tu familia biológica.

Le di un abrazo. ¿Cómo había podido pensar que Glane era un bicho raro?

—Gracias —suspiré—. Gracias por todo.

—Oh, bueno —dijo Glane de repente—. Evanport tampoco me pilla tan lejos, de camino a Boston.

Salimos en cuanto terminamos de comer. Estaba ansiosa por ponerme en marcha cuanto antes, con el estómago lleno de mariposas por si mamá y papá llegaban y encontraban la forma de detenernos.

Los llamé desde el camión alquilado de Glane y hubo más gritos y lágrimas de mamá. ¡Ya estaban a punto de salir de Boston para venir a buscarnos!

Les dije que se esperaran —ella, papá y Carla, la madre de Jan— allí hasta que los llamáramos al día siguiente. Luego colgué y apagué el teléfono. Ni siquiera me molesté en intentar explicarle lo que estaba haciendo.

Mamá y papá no se merecían una explicación.

Paramos en un motel para dormir unas horas. Bueno, ellos durmieron —oía los ronquidos de Glane a través de las finas paredes—. Yo me quedé despierta. La idea de que tal vez al día siguiente conocería a mi verdadera madre era a la vez emocionante y aterradora.

Cerré los ojos e intenté recordar su cara, su voz y su sonrisa amable.

Todo irá bien cuando la vea.

Llegamos a Evanport a la mañana siguiente, el miércoles, sobre las diez de la mañana. La calle principal del pueblo estaba abarrotada de coches y de gente comprando.

Tal vez ella esté por aquí. Podría ser una de estas personas...

El corazón me latía con fuerza.

Pasamos por delante de tiendecitas de ropa con porches de madera y de restaurantes con varios taburetes altos en los escaparates. Había un gran puerto deportivo en un extremo de la ciudad y muchas de las tiendas de las calles cercanas guardaban relación con la navegación y los barcos. Muchas tenían anticuados carteles de hojalata colgados afuera: «Paraíso de los navegantes». «Velas en el mar». «Tienda de velas de Tom».

Mientras el camión rodaba lentamente por la calle, me di cuenta de lo elegante que era la mayor parte de la gente que paseaba por allí. Había algunas personas más jóvenes, pero sobre todo mujeres de mediana edad bien peinadas y con blusas pulcramente planchadas, y hombres con pantalones de pinza y jerséis anudados sobre los hombros.

Estaba tan nerviosa que creía que iba a vomitar. Mi respiración se entrecortaba en jadeos cortos y agudos.

Me miré en el retrovisor. ¡Dios, tenía un aspecto horrible! La cara desencajada, blanca como la nieve, con manchas por el frío en las mejillas, ásperas y rojas.

Quería decirle a Glane que se detuviera para poder comprarme algo de maquillaje. Pero habría tenido que pedirle dinero y, de cualquier modo, cuanto más asustada estaba, menos capaz me sentía de decir nada en absoluto.

Sentí que mi confianza se desmoronaba más aún al mirar el pantalón militar y la sudadera que llevaba puestos.

—Eh, ¿estás bien, Cerebro de Láser? —Jam me dio un pequeño empujón que, oportunamente, me hizo bajar de las nubes. Me esforcé en respirar profundamente.

—Ojalá tuviera mejor aspecto —grazné. Quería que sonara casual. En lugar de eso, sonó tan desesperado como me sentía.

Jam se giró a medias hacia mí, para poder susurrarme al oído:

—Creo que estás preciosa.

Me sonrojé.

—Cuando esto acabe —susurró—, hay algo que quiero preguntarte.

Glane detuvo el camión haciendo chirriar las ruedas. Cuando apagó el motor, se hizo un silencio ensordecedor. La sangre me latía con fuerza en los oídos.

—Ya hemos llegado —comentó Glane.

Me quedé pegada al asiento mientras Glane abría la puerta y bajaba. Me esperó hasta que, de algún modo, logré moverme. Mis piernas se movían inconscientemente mientras lo seguía por la acera, pero yo tenía los ojos clavados en la casa de enfrente.

¡Era grande!, mucho más grande que mi casa, en Londres, con un enorme jardín delantero con césped bien cortado. Los árboles a ambos lados tenían las hojas doradas, casi relucientes bajo el radiante sol.

Me quedé plantada, con las manos temblorosas, mirando fijamente el camino de ladrillos que conducía a la puerta principal.

Jam bajó del camión. Se me acercó y se puso a mi lado.

—¿Lauren?

CHICA DESAPARECIDA

—No puedo hacerlo —gemí. Di un paso atrás hacia el camión—. No puedo.

—¿Quieres irte? —dijo Glane—. ¿Llamamos a tus padres? ¿A la policía?

—No.

Ya no podía echarme atrás. Era lo que quería, ¿no? La oportunidad de averiguar si era Martha Lauren Purditt. De conocer a mi verdadera madre y a mi manera.

De cualquier modo, probablemente me equivocaba. Quizá la chica desaparecida no era yo.

¡Oh, Dios!

Me temblaba todo el cuerpo.

Jam me puso la mano en el brazo.

—¿Quieres que entremos contigo? —dijo.

Negué con la cabeza. Estaba demasiado nerviosa para articular una sola palabra, pero sabía que tenía que hacerlo sola, así que di un paso hacia el camino de ladrillos.

Sentí que los dedos de Jam se enroscaban en los míos, para luego soltarme deslizándose suavemente.

—Suerte, Cerebro de Láser —susurró.

Le sonreí; luego me di la vuelta y caminé hacia la casa.

SEGUNDA PARTE
BUSCANDO A LAUREN

21. Dentro

Una chica abrió la puerta. Era más o menos de mi altura, pero tal vez algo más joven que yo. Su largo pelo teñido de rubio le caía completamente liso sobre los hombros. Escudriñé su rostro, desesperada por encontrar algún parecido familiar.

Me miró con suspicacia.

—¿Puedo ayudarte?

—Yo... Yo...

Ahora que estaba aquí, me di cuenta de que no tenía ni idea de qué decir. Mis piernas parecían de gelatina.

Los ojos de la chica se entrecerraron.

—¿Qué quieres? —dijo.

Por un segundo, pensé que iba a vomitar. Tuve que reunir todas mis fuerzas para hablar.

—Busco a la señora Purditt —dije—. La madre de Martha.

La chica frunció el ceño.

CHICA DESAPARECIDA

—Vengo por Martha —logré articular, preguntándome por un horrible momento si había acertado siquiera con la casa—. Ella desapareció hace... hace mucho tiempo.

Por un segundo, la chica pareció sorprendida. Luego, la sorpresa en sus ojos se transformó en desprecio.

—¿Quién te ha metido en esto? —dijo—. ¿Ha sido Amy Brighthouse?

Parpadeé, totalmente desconcertada.

—¿Quién es, Shelby? —llamó una voz de mujer desde la casa.

—Vete —susurró la chica—. Lo que estás haciendo es enfermizo. Es tan cutre que no me lo puedo creer.

Me empujó hacia atrás por el camino y luego salió de la casa, cerrando la puerta tras de sí. La miré fijamente. ¿De qué estaba hablando? La chica me dio un empujón en el pecho. Con fuerza. Tropecé de nuevo hacia atrás.

Tras ella, se abrió la puerta principal. Una mujer de mediana edad con el pelo negro, corto y alborotado apareció en el umbral.

Tardé unos segundos en darme cuenta de quién era.

La mujer me sonrió, pero sus ojos estaban apagados y tristes.

Me quedé mirándola a la cara. *No puedes ser tú. No puede ser.*

—¿Hola? —dijo—. ¿Eres una de las amigas de Shelby?

—No, mamá. Ha venido por alguna broma enfermiza.

Apenas las oí, los ojos se me llenaron de lágrimas. La mujer que tenía delante podía haber sido hermosa en otro tiempo, pero ahora tenía profundas arrugas esculpidas en la frente y la piel cetrina y flácida.

No era la mujer de mis recuerdos, esa madre no tenía el dolor grabado en la cara.

La mujer parecía desconcertada.

—¿Quién eres?

No me conoce. No me reconoce.

Ambas me miraban ahora con el ceño fruncido. El aire crepitaba de tensión.

No quedaba más remedio que decirlo. Mi voz me sonaba plana y distante, como si fuera otra persona la que hablaba.

—Creo que yo podría ser Martha.

Las palabras quedaron suspendidas en el silencio que se creó.

Los ojos de la mujer se abrieron de par en par. Se quedó boquiabierta.

—¿Martha? —susurró—. ¿Mi Martha?

—¡Pirada! —Shelby me empujó de nuevo. Pero no aparté los ojos de la mujer. Se echó a un lado, abriendo la puerta de par en par tras ella.

—Entra —dijo.

—¡No! —chilló Shelby—. Ni hablar. ¿No lo ves? Es alguna clase de broma.

Ignorándola, seguí a la mujer al interior. Me pude hacer una vaga impresión de un espacio amplio, con armarios de madera pulida y grandes sofás de flores a la izquierda.

Estaba entumecida. ¡No podía ser real!

—¡No es ella, mamá! —gritó Shelby, acercándose a la mujer y sacudiéndole el brazo—. ¿Mamá? ¡Por el amor de Dios! Voy a buscar a papá.

Salió corriendo de la casa.

La mujer me condujo hacia uno de los sofás.

—Siéntate.

Me senté. La mujer se sentó en el sofá de enfrente. Sentí como sus ojos me analizaban.

Aparté la mirada, confusa. No debería ser así. Si esta fuera mi verdadera madre, seguramente lo percibiría de algún modo distinto; sentiría alguna... conexión con ella.

La mujer se mordió el labio.

—¿Te acuerdas de mí?

—No lo sé —dije. Bajé la mirada hacia mi regazo.

Un largo silencio se alzó entre las dos. Volví a levantar la vista. La mujer seguía mirándome fijamente.

—¿Qué te hace pensar que eres Martha?

Le conté todo lo que había pasado desde el día en que encontré el póster desaparecido de Martha en Internet.

Mientras le explicaba cómo Sonia nos había abandonado en el bosque, se acercó y se sentó a mi lado.

—Pobrecilla —dijo.

Levantó la mano, como si fuera a acariciarme el pelo de la cara. Me aparté, avergonzada.

Un peso muerto pareció instalarse en mi pecho. No era como me había imaginado. Había pensado que, nada más verla, sin lugar a duda la sentiría como mi madre. Pero no fue así. Era solo una mujer.

De repente, sonaron voces airadas junto a la puerta principal. Me levanté.

Shelby entró corriendo en la habitación. Una niña pequeña —un poco más pequeña que Rory, supuse— estaba a su lado. Luego entraron tres hombres de mediana edad; todos llevaban pantalones de vestir y camisas de cuadros, como la gente a la que había visto en las tiendas de Evanport. Había demasiados rostros para asimilarlos. Miré de uno a otro, desconcertada.

—¿Es ella?

El más alto de los hombres se me acercó. Me agarró del hombro. Había algo casi desesperado en sus ojos.

—¿Quién eres? —Me sacudió el brazo—. ¿Qué haces aquí?

La mujer puso su mano sobre la de él.

—Es Martha, Sam —aseguró—. Creo que es ella de verdad.

Ante estas palabras, se desató el infierno. Todos los presentes empezaron a hablar a la vez. El hombre empezó a gritarle a la mujer, ignorándome por completo.

—¡No es ella, Annie! ¡No va a aparecer así como así!

—Lo es. Lo ha hecho. —Annie rompió a llorar—. ¿No ves que...?

CHICA DESAPARECIDA

—¡Para! —La voz del hombre se elevó a un terrible rugido—. ¡Basta! ¡Basta! ¡No puedo soportar que sigas haciendo esto!

Annie se agarró al brazo del hombre.

—Escúchame —sollozó—. Cálmate, Sam, por favor.

Miré alrededor de la habitación. Shelby y los otros hombres estaban hablando a gritos junto a la puerta. La única que no hablaba era la niña, que me miraba boquiabierta desde detrás del sofá.

El corazón me latía desbocado. Lo que fuera que había imaginado que pasaría al encontrar a mi verdadera familia no era aquello. Ya no quería estar allí. Pero sentía las piernas clavadas.

La discusión entre el hombre y Annie se volvió más histérica.

Ella estaba casi de rodillas, suplicándole:

—Mírala, mírala, es idéntica a ti.

El hombre no parecía oírla.

—No puedo soportarlo, Annie —repetía, con la cara retorcida por la agonía—. Tienes que olvidarte de ella.

—Por favor, deje de gritar —le dije. Pero las palabras se ahogaron entre el jaleo que me rodeaba.

Y entonces, una voz profunda retumbó por encima de todas las demás.

—¡SILENCIO!

Todo el mundo se volvió. Glane estaba de pie en el umbral de la puerta, su enorme presencia dominaba la sala.

Silencio.

Antes de que nadie tuviera la oportunidad de preguntarle quién era o qué hacía allí, Glane sonrió.

—Creo que deberían calmarse todos y escuchar a Lauren.

22. Confesión

Estaba en la comisaría de Evanport.
Glane, Jam y todos los Purditt se habían ido.
Llevaba dos horas hablando con una agente del FBI.
M. J. Johnson era alta, con cara de caballo. Me caía bien. Había escuchado con atención todo lo que le había contado y me había hecho muchas preguntas, hablando de forma lenta y considerada.
Se había ido un rato y luego había vuelto para decirme que habían detenido a Taylor Tarsen para interrogarlo y que habían enviado mi descripción de Sonia Holtwood a las fuerzas de seguridad locales por todo el noreste de Estados Unidos.
Sabía que eran buenas noticias. Pero mi mente seguía dándole vueltas a mi encuentro con los Purditt. Seguía intentando hacer coincidir a la Annie Purditt de ojos tristes que había conocido hoy con la mujer de rostro

angelical de mi recuerdo onírico. ¿Eran realmente la misma persona?

—¿Lauren?

Levanté la vista. M. J. estiró sus largas piernas.

—Tienes que entenderlo —dijo—. Son dos asuntos distintos. Todo eso de que tal vez te robaron de tu familia biológica cuando eras pequeña. Ese es uno de los dos. Pero también está lo que Tarsen y Sonia Holtwood intentaron haceros a ti y a tu amigo. Ese es otro crimen. Dos investigaciones distintas, pero que se solapan.

—Entonces, ¿qué va a pasar ahora?

—¿Quieres decir a ti? —M. J. se puso de pie.

Asentí.

—Tus padres llegarán muy pronto —dijo vagamente—. Seguiremos a partir de ahí.

Volvió a dejarme sola. Me acurruqué en la silla y apoyé la cabeza en el brazo.

El reloj de la habitación marcaba los segundos.

No le había dicho a M. J. que estaba segura de que mamá y papá sabían que me habían secuestrado cuando era pequeña. Apenas podía pensar en ello. Desde luego, no estaba preparada para verlos.

Necesitaba tiempo para pensar en lo que había pasado con los Purditt. Debía de haberme equivocado con ellos. Seguramente, si Annie fuera mi madre de verdad, habría sentido algo más al verla.

Cerré los ojos. Las lágrimas me humedecían los párpados. La única persona a la que quería ver ahora era a

CHICA DESAPARECIDA

Jam. Si mi interrogatorio ya había terminado, tal vez al suyo le quedara poco.

La puerta se abrió. Me incorporé rápidamente, esperando que fuera él.

Mamá y papá estaban de pie en el umbral.

Me quedé con la boca abierta. Papá parecía haber envejecido diez años. En cuanto a mamá, tenía la cara gris y parecía más huesuda que nunca. Su jersey colgaba sin fuerzas de sus hombros.

Durante un segundo, se limitaron a mirarme. Y entonces, de algún modo, mamá había cruzado la habitación y estaba a mi lado, medio sacudiéndome, medio tirando de mí para abrazarme.

Me quedé allí de pie, rígida y torpe. Las lágrimas de mamá me salpicaban el cuello.

—Oh, Lauren, idiota, idiota… Gracias a Dios que estás bien.

Se echó ligeramente hacia atrás, con las manos aún sobre mis hombros. Sus ojos buscaron los míos, temerosos, interrogantes.

Papá se acercó, pero seguía con los brazos cruzados, mirándome fijamente. Parecía furioso.

Todo había cambiado entre nosotros. Lo supe en ese instante. Nada volvería a ser lo mismo, nunca más.

—¿Tienes idea de lo que has hecho? —susurró mamá.

La miré fijamente. ¿Qué había hecho *yo*?

—Tenía que saber la verdad —le dije.

Papá emitió un gruñido por lo bajo. Volví a mirarlo. Tenía ojeras, y las mejillas, chupadas y pálidas.

Mamá me empujó hacia una de las sillas.

—No te lo dijimos porque no queríamos que te hicieran daño —dijo—. Te lo habríamos contado cuando estuvieras preparada.

Sigue sin entenderlo. Sigue sin darse cuenta de que lo sé.

—¿Y cuándo creíais que estaría preparada para oír que me habíais robado de mi verdadera familia?

Mamá puso la misma cara que como si le hubiera dado una bofetada.

—¿Qué?

La miré fijamente, disgustada.

—No me mientas, sé lo de Sonia Holtwood, recuerda...

—¡Nosotros no te robamos de ninguna otra familia! —La voz de mamá restalló como un látigo—. Te adoptamos correctamente, de forma oficial.

El odio hervía en mi corazón. La detestaba. Los detestaba a las dos.

—¡Sé que Sonia me robó! —grité—. ¡Sé que tú también lo sabías!

Mamá fruncía el ceño.

—No, Lauren, lo has entendido mal.

Me tapé los oídos con las manos. No podía soportar escuchar más de sus mentiras. Mamá me agarró los brazos.

—M. J. nos ha contado lo que le has dicho, pero tienes que creernos: creíamos que eras hija de Sonia.

CHICA DESAPARECIDA

—Entonces, ¿¡por qué le pagasteis un montón de dinero por mí!? —grité.

Mamá me miró perpleja, con la cara blanca como la tiza.

—¡Venga! —chillé—. Dijiste que hablaríamos más tarde. Pues ya es más tarde y estamos hablando, así que cuéntamelo.

Mamá se cubrió la cara con las manos. Papá se sentó frente a nosotros. Todavía no me había tocado, aún no había dicho ni una palabra.

—¿Y bien, papá? —Las lágrimas se derramaban por mis mejillas—. ¿Tú también vas a mentirme?

Se inclinó hacia delante y apartó las manos de mamá de su cara.

—Lauren necesita conocer toda la historia.

Mamá jadeó.

—Pero...

Papá le dio un apretón de manos y eso la hizo callar. Se volvió hacia mí, con la mandíbula tensa.

—Creo que es hora de que veas esta situación desde el punto de vista de otra persona, Lauren.

Lo fulminé con la mirada.

—Te hemos dicho muchas veces cuánto te queremos. Lo especial que eres para nosotros. —Papá respiró hondo—. Pero hay muchas cosas que no sabes.

Sonaba como una persona distinta. Su yo torpe y de mejillas enrojecidas había desaparecido. En su lugar, había un desconocido, gélido y tranquilo.

—Pasamos diez años intentando tener un bebé, Lauren. Ocho ciclos completos de FIV[3] e incontables intentos fallidos. Lo intentamos todo. Nunca tendrás ni idea de lo que pasamos. De lo que pasó tu madre. —Hizo una pausa—. Al final, tuvo una crisis nerviosa.

—Dave, no —susurró mamá.

—Lauren quería saberlo. —Papá me miró, un horrible y frío brillo en sus ojos—. Tu madre intentó suicidarse.

Fue como si me hubiera golpeado en el estómago. Recuperé el aliento. Mamá era tan organizada, tan controladora con... con todo. ¿Cómo podía haber intentado suicidarse?

—Dave —suplicó mamá.

—Así que llegamos a un acuerdo: no más FIV. Pero, al cabo de un tiempo, tu madre parecía más fuerte y, como los dos seguíamos queriendo un hijo, decidimos probar con la adopción. Por supuesto, con un historial de enfermedad mental era imposible que las agencias de adopción locales nos tuvieran en cuenta siquiera. Así que empezamos a buscar más lejos. Llamamos a agencias de todo el mundo. Lo intentamos todo, desde China hasta Canadá. Tu madre se deprimía cada vez más y yo tenía cada vez más miedo de que... que ella volviera a...

Papá me miró profundamente a los ojos.

Aparté la vista.

—Hasta que un día —continuó—, recibimos una llamada de Marchfield: era Taylor Tarsen. Había oído

3. **FIV:** fecundación *in vitro*, técnica de reproducción asistida.

rumores de que estábamos buscando un niño por todas partes. Se mostró simpático, pero dijo que tendríamos que saltarnos algunas normas para conseguirlo.

Me dio un vuelco el corazón.

—Tarsen nos dijo que había una joven, Sonia Holtwood, con una niña pequeña. La adopción sería sencilla. Pero había una trampa: la mujer quería más que los gastos normales que pagan los padres adoptivos a los biológicos. En pocas palabras, quería venderla. Por mucho dinero.

Por fin. Lo había admitido. La rabia me invadió.

—¡Así que me comprasteis! —escupí—. Como un coche, como una cosa. —Tenía las manos tan apretadas que las uñas se me clavaban en las palmas—. ¿Cómo fue? ¿Un fajo de billetes en un sobre marrón, o algo así?

Papá parpadeó.

—Oh, no, claro —dije, sarcástica—. Se me olvidaba. Eres contable, eso sin duda lo facilitó.

—Por favor, Lauren —sollozó mamá—. Quizá darle a Sonia todo ese dinero estuvo mal... —Su cara se arrugó.

—¿Tú crees?

El puño de papá se estrelló contra el brazo de la silla que tenía al lado.

—¡¿Cómo te atreves a hablarnos así!? —gritó—. Como si pudieras juzgarnos. ¡No tienes ni puta idea de por lo que hemos pasado! De cómo nos hizo sufrir lo que estábamos haciendo. Pagamos ese dinero porque deseábamos una hija con todas nuestras fuerzas. Nunca lo habríamos hecho si Sonia hubiera sido una buena madre, si ella te hubiera querido, si hubiera mostrado el más mínimo interés en algo que no fuera cuánto dinero podía sacarnos. —Se detuvo, su respiración era pesada e irregular—. Nosotros no somos los malos.

—Pensamos que te estábamos rescatando de ella.

—Mamá me tomó la mano—. Y tú también nos rescataste. Tenerte me devolvió las fuerzas. Lo suficientemente fuerte como para intentar la FIV una última vez. Por eso siempre digo que Rory es un milagro. Pero tú fuiste mi primer milagro. Siempre serás nuestra hija, Lauren. Siempre.

El rostro de mamá estaba contorsionado, suplicándome que la entendiera. Cerré los ojos, dejando que lo que acababan de decir calara hondo. ¡No habían sabido que yo era una niña robada! Eso era lo que me estaban diciendo. Solo le habían pagado a Sonia porque querían salvarme de ella y porque... porque... Abrí los ojos y miré fijamente a mamá. De repente, fui consciente de lo pequeña que era. De lo frágil que era. En algún lugar, bajo la ira, sentí un aleteo de lástima por ella, por los dos.

—He dedicado muchas horas a un trabajo que odio durante once años para devolver el dinero que nos prestaron —dijo papá, amargamente.

Mi ira volvió a subir, anegando la lástima.

—Yo no te pedí que lo hicieras.

Papá suspiró.

—No. No lo hiciste, pero...

—Tienes que entenderlo, estamos asustados, Lauren.
—Mamá me apretó la mano—. Violamos la ley. No pensábamos que estábamos haciendo daño a nadie. Pero, aun así, infringimos la ley.

De repente, oímos un golpe seco en la puerta y M. J. entró.

—Siento interrumpir —dijo—. Pero hay algunas cuestiones prácticas que tenemos que discutir.

Aparté mi mano de la de mamá y me senté. Mamá se tensó a mi lado.

M. J. estaba de pie en un rincón de la habitación, con las manos a la espalda.

—Hasta ahora, no tenemos pruebas de que Sonia Holtwood no sea tu madre biológica, Lauren. Pero, si te secuestró cuando tenías tres años, eso sin duda le da un motivo para intentar organizar ahora tu desaparición permanente. Tenemos tu expediente de la Agencia de Adopciones Marchfield, el que dices que no estaba cuando entraste. Estamos comprobando todos los detalles. Pero va a llevar un poco de tiempo. Y los Purditt están, naturalmente, ansiosos por saber la verdad.

Miré la mano de mamá en el asiento de al lado. Se agarraba con tanta fuerza que tenía los nudillos blancos.

M. J. se aclaró la garganta.

—Hay algo que puede acelerar las cosas y decirnos si eres o no su hija en solo unas horas. —Hizo una pausa—. Una prueba de ADN.

23. Terrores nocturnos

La prueba de ADN duró menos de un minuto. La misma enfermera que me había revisado cuando llegamos a la comisaría me puso un palito en la boca, como un bastoncillo de algodón, y lo pasó por el interior de mi mejilla. Dijo que los resultados estarían listos a primera hora del día siguiente.

No podía creer que un asunto tan importante dependiera de algo tan rápido y fácil de hacer.

El FBI dejó que mamá y papá me llevaran de vuelta al hotel Evanport. Sabía que Jam y su madre también estaban allí. Seguí pidiendo ver a Jam, pero mamá consiguió que me quedara en la habitación del hotel con ella y papá. Después de un rato, aparecieron Rory y la tía Bea, la hermana de mi padre, que había volado para ayudar a cuidar a Rory cuando desaparecí. Antes me llevaba bastante bien con ella. Pero ahora me miraba como si fuera una desconocida.

La tensión en la habitación era terrible. Mamá fingía que no habíamos tenido aquella conversación. Que yo no sabía que había intentado suicidarse años atrás. Se movía de un lado a otro, doblando ropa que ya estaba doblada, limpiando superficies que ya había limpiado el personal del hotel y hablando consigo misma.

Rory estaba quejica y agresivo. No era de extrañar, supongo. Después de todo, se había perdido todo el viaje a la atracción de *Legends of the Lost Empire* en el parque temático Fantasma. Intenté disculparme por fastidiarle las vacaciones, pero se metió los dedos en las orejas y fingió que no me oía.

Papá, malhumorado, se limitó a dar vueltas por la habitación, encorvado como un oso.

Lo único que quería era ver a Jam.

Al fin, tía Bea y papá se llevaron a Rory a tomar un helado, dejándonos solas a mamá y a mí. Unos minutos después, mamá fue al baño. En cuanto hubo cerrado la puerta, usé el teléfono que había junto a la cama y pedí en recepción que me pusieran con Jam Caldwell.

—¿Contraseña, por favor? —dijo la recepcionista.

—¿Contraseña? —Me sorprendí.

La recepcionista hizo un chasquido con la lengua.

—Sí, señora. Lo siento, pero no estoy autorizada a conectarla ni a decirle el número de la habitación sin que me dé la contraseña.

Me quedé mirando el teléfono, pero, antes de que pudiera decir nada más, la mano de mamá pasó por encima de mi hombro y pulsó el botón para colgar.

Me giré.

—¿Qué está pasando, mamá?

—No queremos que lo veas.

—¿Qué...? —La miré fijamente, completamente desconcertada—. ¿Por qué? Es mi mejor amigo. Nada de esto es culpa suya.

—Él te animó a huir de nosotros.

Aquello era tan injusto que perdí los nervios en el acto.

—Vino conmigo para ayudarme. De hecho, intentó convencerme de que no fuera a buscar a Sonia Holtwood.

—No es solo eso —dijo mamá. Sus pómulos se sonrojaron—. Estuviste sola con él durante varias noches. Tenemos que hablar sobre... las implicaciones de eso.

—¿Qué? —No podía hablar en serio.

Pero lo hacía.

Todo se reducía a eso: podía haber viajado por tres estados, haber sido secuestrada y dada por muerta en un bosque helado, haber descubierto que me habían secuestrado y vendido cuando tenía tres años, pero lo único que le interesaba a mamá era si había hecho algo con Jam.

Era tan ridículo que me eché a reír.

—Por séptima millonésima vez, no es mi novio.

Mamá puso cara de incrédula. Estaba claro que no me creía.

CHICA DESAPARECIDA

—Pero, mamá, es mi amigo. —El miedo me recorrió la espina dorsal cuando asimilé lo que me estaba diciendo. No podría sobrevivir sin Jam. De ninguna manera. Mi voz se elevó con pánico—. No podéis impedirme que lo vea.

—Podemos y lo haremos —sentenció mamá.

Y eso, por lo que a ella respectaba, fue todo.

Después de que a Rory y a mí nos hubieran trasladado a nuestra propia habitación, pasé el resto del día vagando miserablemente por el hotel. Esperaba encontrarme con Jam o Carla, pero no fue así. Cuando oscureció, subí y me senté a mirar por la ventana las luces que titilaban a lo largo del puerto deportivo.

Mamá pidió comida para mí y para Rory, para que comiéramos en la habitación, y luego ella y papá bajaron al restaurante del hotel. Ni siquiera me preguntaron si quería ir con ellos.

Mamá se limitó a decir:

—Mañana es un gran día. Papá y yo tenemos que hablar.

Picoteé mi comida, tratando de ignorar los interminables dibujos animados en la televisión de nuestra habitación. Se me agolpaban demasiados pensamientos: todo aquello de que mamá y papá estaban desesperados por tener un bebé, si habían atrapado ya a Sonia Holtwood y, por supuesto, lo que significaría si yo era realmente Martha Lauren Purditt.

Antes solo había pensado en ello como una especie de fantasía. Una vida alternativa que podía imaginarme para adaptarla a mi estado de ánimo. Ahora que había conocido a los Purditt, era dolorosamente consciente de que había toda una realidad familiar detrás de mi fantasía. Una realidad familiar a la que no estaba segura de querer enfrentarme.

Intenté distraerme jugando al veoveo con Rory, pero perdió el interés después de una ronda y volvió a sus dibujos animados.

Mamá entró a eso de las diez, se disgustó al ver que Rory aún tenía la tele encendida, le limpió el kétchup de la cara y volvió a salir.

Me hice la dormida.

A medida que avanzaba la noche, mis pensamientos se volvían más oscuros, más insistentes. Cuando me apartaba de uno, otro se abría paso en mi cabeza. Me sorprendí tratando de imaginar cómo había intentado mamá suicidarse. Luego apareció Sonia Holtwood: la imaginé nítidamente, esperando y vigilando frente a la puerta de la habitación del hotel. Al final, tuve que levantarme y salir al pasillo para demostrarme a mí misma que no estaba allí.

Contrólate, Lauren.

Cuando volví a tumbarme en la cama, vi mi maletín, abandonado en un rincón. Mamá lo había traído consigo desde el aeropuerto de Boston. Me invadió una oleada de culpabilidad al recordar lo demacrados que estaban mis padres cuando nos reencontramos.

Me estremecí. ¿Y si mamá se hubiera angustiado tanto al no saber qué había sido de mí que había vuelto a intentar suicidarse?

Me di la vuelta y mullí la almohada. ¿Dónde estaba Jam? Lo echaba mucho de menos. Era la única persona en mi vida que me dejaba ser yo misma. Aunque ¿qué había dicho? ¿Que yo era la persona más egocéntrica que había conocido?

Tal vez tenía razón. Tal vez lo fuera.

Dormí un rato. Me desperté cuando estaba amaneciendo. Me tumbé boca arriba, oyendo a Rory roncar como un cerdito en la cama de al lado.

Intenté no pensar en lo que significaría ser la hija de los Purditt. Querrían volver a verme, lo cual estaba bien: yo también sentía curiosidad por ellos. Pero no iba a ser fácil.

¿Y si querían llamarme Martha?

¿Y si esperaban que los llamara *mamá* y *papá*?

Se oyó un suave golpe en la puerta. Me incorporé y miré al otro lado de la habitación. Oí otro golpe, esta vez algo más fuerte.

Me levanté de la cama y caminé a trompicones por la gruesa alfombra del hotel. Rory seguía respirando profundamente. Pegué la oreja en la puerta para escuchar. Se me aceleró el corazón. ¿Me lo había imaginado?

—Lauren —susurró una voz grave—. Soy yo.

24. ADN

Jam.

Abrí la puerta de una sacudida. Estaba vestido. Llevaba una camiseta verde y unos vaqueros. Sus ojos parecían casi dorados a la tenue luz del pasillo del hotel. Sentí un extraño latigazo en el estómago. Su cara era tan bonita... La inclinación de su nariz, el pequeño arqueo de su ceja, la suave curva de sus labios. ¿Por qué no me había fijado antes?

—No me dejan verte. —Jam miró furtivamente hacia arriba y hacia abajo por el pasillo—. Tuve que contarle a la recepcionista una historia lacrimógena solo para conseguir tu número de habitación.

—¡Oh! —dije.

Podía sentir cómo se me enrojecía la cara. ¡Se trataba de Jam, por el amor de Dios! Mi mejor amigo. Pero, de repente, no tenía ni idea de qué decirle.

CHICA DESAPARECIDA

Jam no parecía darse cuenta de lo incómoda que me sentía. Fruncía el ceño mirando al suelo, como si estuviera intentando decidirse sobre algo.

—Lauren —dijo. Su voz era baja, ronca. Me produjo un escalofrío—. ¿Recuerdas que te dije que había algo que quería preguntarte?

Me acerqué más a él. Tan cerca que podía ver cada una de sus pestañas. Mi corazón latía acelerado. Levantó la vista. Y entonces lo vi. Intuí lo que quería preguntarme. Supe lo que todo el mundo había estado observando durante meses.

—¿Sí? —Se me atascó la respiración en la garganta.

Jam me estaba mirando, acercándose. Más y más cerca.

Cerré los ojos mientras sus labios se apretaban, cálidos y suaves, contra mi boca. Sentí un cosquilleo en la boca del estómago y sí, aunque sé que es un cliché, me fallaron las rodillas, como si no fueran a poder sostenerme.

Me eché hacia atrás y abrí los ojos. Jam me sonrió.

Mi corazón se derritió como un pintalabios en un radiador.

—Puaj. ¿Os estáis *besando*?

Di un respingo. Rory estaba de pie a menos de un metro de nosotros, con su nariz respingona arrugada de disgusto.

Resonaron voces en la distancia y luego pasos, cada vez más fuertes, acelerando hacia nosotros.

En cuestión de segundos, el pasillo estaba lleno de gente. Jam seguía sonriéndome, espléndido. Como si no se hubiera dado cuenta de que había más gente.

—Bien, Lauren, estás despierta. —M. J. Johnson se acercó, obligándome a apartar los ojos de Jam.

—Entra en la habitación, por favor.

Su voz era tensa, urgente. Miré a los otros agentes, detrás de ella. Llevaban armas en las manos.

—¿Qué pasa? —pregunté.

M. J. me ignoró. Intentó apartar a Jam de la puerta.

—Vuelve a tu habitación, colega.

Por una fracción de segundo, pensé que tal vez nos había visto besándonos. Pero inmediatamente caí en la cuenta de que eso no explicaba lo de los otros agentes y las pistolas.

—¿Qué está pasando? —exigí.

Jam seguía de pie en el pasillo.

—¡Fuera! —le ladró M. J.

—Yo me quedo con Lauren.

Los otros agentes empezaron a aporrear la puerta de mis padres.

—Oh, por el amor de Dios, vale. Adentro, ¡ahora! —ordenó M. J.

Nos empujó a los tres dentro de la habitación del hotel y luego cerró la puerta. Eché un vistazo al reloj que había junto a la cama: las seis y media de la mañana. ¿Por qué despertaban a mamá y a papá tan temprano?

—Hola, Rory —dijo M. J.—. ¿Quieres ir a ver la tele a la habitación de al lado?

Rory asintió con entusiasmo. Mamá siempre era muy estricta con la televisión por la mañana. M. J. habló en voz baja con uno de los otros agentes, que sacó a Rory de la habitación. Luego M. J. se dirigió hacia donde yo estaba encaramada a un lado de la cama.

Levantó un trozo de papel.

—Los resultados de tu ADN —dijo.

Lo supe antes de que me lo dijera.

—Según la prueba, hay más de un 99,9 % de posibilidades de que seas descendiente biológica de Annie y Sam Purditt.

En otras palabras, cero dudas.

Después de tanto tiempo y esfuerzo para averiguar de dónde venía, pensé que me sentiría emocionada o asustada. O, al menos, aliviada.

Pero no sentí nada.

Jam se sentó a mi lado en la cama. Me tomó la mano del regazo y entrelazó sus dedos con los míos.

Se oyó un golpe seco en la puerta. Uno de los agentes masculinos del FBI asomó la cabeza y saludó a M. J. con la cabeza.

—Objetivos seguros —dijo.

—¿Qué objetivos? —dije.

M. J. suspiró.

—Esto es muy duro para ti, Lauren, lo sé. Pero el hecho de que se confirme que eres Martha Lauren Purditt significa que ahora sabemos que fuiste secuestrada aquí, en Evanport, aquel septiembre y adoptada dos meses y medio después bajo un alias, en la Agencia de Adopciones de Marchfield, Vermont. Lo que no sabemos es cuánta gente estuvo implicada en el secuestro y en el encubrimiento y el fraude que lo siguieron. —Hizo una pausa—. Es posible que tus padres adoptivos supieran lo que estaba pasando.

—No. —Tenía la boca seca—. No lo sabían. Creían que Sonia Holtwood era mi madre.

—Lo siento, Lauren —dijo M. J.—. Pero se han llevado a tus padres adoptivos para interrogarlos y, hasta que finalicen nuestras investigaciones, no podrán tener más contacto contigo.

No. Pensé en los agentes con las pistolas.

M. J. se puso en cuclillas delante de mí.

—Es solo una investigación. No hay pruebas contra ellos. Pero necesitamos ver su documentación sobre la adopción. Datos de cuentas bancarias. Ese tipo de cosas.

Mi corazón latió con fuerza. ¿Datos bancarios? Cuando el FBI supiera del dinero que mamá y papá habían pagado ilegalmente a Sonia, parecerían terriblemente culpables. Bajé la mirada.

—¿Cuánto va a durar la investigación?

M. J. se encogió de hombros.

—Ya estamos revisando todos los archivos de las agencias de adopción. Nos va a llevar un tiempo averiguar quién falsificó exactamente todos los registros y

CHICA DESAPARECIDA

certificados relacionados con tu nacimiento y tus primeros años. Y luego tenemos que averiguar quién de la agencia debía comprobar cosas como el hospital en el que naciste… y si no se molestaron en hacerlo o, lo que es más probable, si les pagaron para falsificar la información.

—Pero todo eso no tiene nada que ver con mamá y papá —protesté.

Jam me pasó el brazo por los hombros.

M. J. no dijo nada.

—¿Tendré que quedarme aquí con Rory y la tía Bea?

—Creo que tu tía tiene pensado llevarse a Rory de vuelta a Inglaterra en los próximos días —dijo M. J.

Me disgusté.

—¿Y qué pasa conmigo? —Miré a Jam—. ¿Puedo quedarme aquí con… con Carla?

M. J. negó con la cabeza.

—Hemos acordado que la señora Caldwell también puede llevarse a Jam de vuelta a Inglaterra. Tenemos su declaración y, de momento, hasta que no encontremos a Sonia Holtwood, no lo necesitaremos más por aquí.

Miré a Jam, con el corazón latiéndome con fuerza.

—Hablaré con mamá —dijo, aunque sin convicción en su voz—. A ver si consigo que me deje quedarme.

Me volví hacia M. J.

—Entonces, ¿qué me va a pasar?

—Bueno, habrá un procedimiento *ex parte*[4] dentro de veinticuatro horas. Eso determinará tu custodia temporal. Luego, aproximadamente en un mes, habrá una audiencia debidamente ordenada y, de resultas de esta, se fijará la sentencia que decidirá dónde vivirás permanentemente.

«Permanentemente».

La palabra me dio vueltas en la cabeza.

—No lo entiendo.

—Lo siento, Lauren. Es complicado. —M. J. hizo una pausa—. Mira, aunque sabemos que eres hija de los Purditt, hay que demostrar legalmente que tu adopción en el Reino Unido no es válida. Dentro de un mes, habrá una vista para hacer precisamente eso. En la vista, el juez anulará la adopción ilegal y decidirá exactamente dónde debes vivir y quién debe tener tu custodia. De forma permanente. Mientras tanto, el procedimiento normal para cualquier menor cuya filiación esté en disputa es que te entreguen a los Servicios Sociales en régimen de acogida. Entonces...

—¿Acogida familiar? —bufé—. ¿Quieres decir quedarme con extraños?

M. J. me dio unas palmaditas en la rodilla.

---

4. *Ex parte*: comunicación realizada por una de las partes con el tribunal sin la presencia ni el conocimiento de la parte contraria.

CHICA DESAPARECIDA

—Serían buenas personas, Lauren, debidamente investigadas por el Estado y...

—¡Pero no quiero irme a vivir con gente que no conozco!

—Escúchame, que no me estás dejando terminar. He dicho que normalmente el Estado te encontraría cuidadores de acogida. Pero esta no es una situación normal. Los Purditt saben lo del resultado del ADN. Supongo que van a conseguir que un juez del tribunal de familia apruebe una «colocación en interés superior».

—¿Qué es eso? —Me apoyé en Jam. No podía creer lo que estaba pasando.

—Lo más probable es que los Purditt consigan que los aprueben como padres de acogida temporales —sonrió M. J.—. Son gente adinerada, bien posicionados en la comunidad. Si consiguen que los Servicios Sociales se den prisa en realizar las comprobaciones necesarias de antecedentes penales, huellas dactilares y demás, y que convenzan a un juez de que estarías mejor con ellos que con cualquier otra persona, entonces podrías quedarte con ellos hasta que se emitan las órdenes de permanencia y puedan luchar contra tus padres adoptivos por la custodia.

La miré fijamente, con la mirada vacía.

¿Irme a vivir con los Purditt?

—Míralo de esta manera, Lauren —suspiró M. J.—. Después de once años, te irías a casa.

25. Cuerda

Los Purditt hicieron exactamente lo que M. J. había predicho. Lo que significaba que, veinticuatro horas después, me enteré de que iba a vivir con ellos hasta que se celebrara la vista judicial para resolver la custodia permanente, a finales de noviembre.

M. J. me obligó a ir a ver a una orientadora al día siguiente. Me dijo que tenía que hablar con alguien para que me ayudara a adaptarme a la nueva situación en la que me encontraba.

Para ser sincera, hablar de todo aquello solo me hizo sentirme peor. La orientadora era muy vieja y no paraba de asentir con empatía y de decir «hum, es muy duro para ti», hasta que me entraron ganas de gritar.

Ya sé que es duro. ¿Qué puedo hacer al respecto?

Estaba segura de que una parte de ella estaba pensando: «¿Y qué problema tienes? ¿No querías saber quién

CHICA DESAPARECIDA

eras? Pues ahí lo tienes: eres Martha Lauren Purditt. Sigue adelante».

Era tan difícil explicar cómo me sentía. Ya había tenido que pasar por ello con el juez.

—Prefiero vivir con los Purditt que con unos padres de acogida que no tienen nada que ver conmigo —había dicho. Pero, en el fondo, mis sentimientos eran confusos. Por supuesto que quería pasar tiempo con los Purditt, pero no quería vivir con ellos. No los conocía. La idea de mudarme con ellos me aterrorizaba.

Y echaba de menos a mamá y papá.

Solo tenía una esperanza: que la orientadora pudiera persuadir a Carla y a los Purditt para que dejaran que Jam viniera conmigo. Si él estaba allí, tal vez todo el asunto sería soportable.

Almorcé con una distraída tía Bea y un inusualmente sumiso Rory, y luego, esperé ansiosamente a que la orientadora volviera para nuestra segunda sesión. En cuanto entró, supe que traía malas noticias.

—Todos prestamos atención a lo que dices, Lauren. Y el señor y la señora Purditt lo comprenden. —La consejera hizo una pausa, su rostro carnoso se arrugó en un ceño condescendiente—. Pero todos opinamos que ya te va a costar suficiente adaptarte sin que encima tu novio complique más las cosas.

—No es mi novio —murmuré. No podía mirarla a los ojos mientras lo decía, aunque por el momento seguía siendo verdad, supongo. No soy tan ingenua como para pensar que un simple beso convierte a dos personas en pareja.

—La otra opción es que la madre de Jam pueda quedarse aquí un poco más. De ese modo, al menos seguiríais en contacto.

Solo había visto a Carla una vez desde que estábamos en el hotel. Jam me había dicho que se pasaba la mayor parte del tiempo explorando las tiendas de antigüedades y artesanía de Evanport. Al fin di con ella mientras ojeaba las joyas de la tienda de regalos del hotel.

—Querida —sonrió Carla cuando me acerqué. Pasó su mano, llena de anillos, por un expositor de collares de madera y tomó uno. Estaba pintado de rojo, dorado y marrón, como las hojas en otoño—. ¡Qué bonito! Seguro que es nativo americano.

No supe qué responder.

—Bueno. —Carla levantó los ojos—. No quería mencionarlo delante de tus padres, pero nuestra pequeña sesión te ayudó, ¿no?

Parpadeé, sin acabar de entenderla.

—Ya sabes —dijo ella—, la hipnoterapia. Sabía que habías percibido algo aunque dijeras que no. Es lo que te trajo aquí, ¿no? —Se me acercó más—. Ojalá me lo hubieras dicho en su momento. Podría haber hablado con la señora Maricomplejines por ti. Habría evitado que nos metiéramos en este lío.

CHICA DESAPARECIDA

Me pregunté qué demonios pensaba que le podría haber dicho a mamá sobre la búsqueda de mis padres biológicos que hiciera que la hubiera escuchado.

Carla sopesó el collar que tenía en la mano.

—Casi puedo sentir la energía de la tierra palpitando a través del collar. Me encanta Estados Unidos. Es tan grande, tan moderno, y, sin embargo, todavía hay tanta naturaleza...

—¿Carla? —Me aclaré la garganta—. ¿No te gustaría quedarte aquí más tiempo?

—Por supuesto, cariño, yo... —Carla se detuvo a mitad de la frase. Dejó el collar en el suelo y suspiró—. Nada me gustaría más, ya lo sabes. Pero tengo que volver con las chicas y con mis clientes. Y Jam debería estar en la escuela. Para empezar, no es precisamente el mejor de su clase. De cualquier modo, en estas edades así son los chicos: perezosos, poco comunicativos y solo tienen una cosa en la cabeza.

Me sonrojé.

—Jam no es así.

Carla enarcó una ceja mientras se llevaba el dedo a un broche con forma de estrella.

—Aunque mamá siempre dice que los chicos son más simples que las chicas —dije.

Carla resopló.

—Cariño, adoro a Jam, pero los hombres son básicamente criaturas de otro planeta. Estoy bastante segura de que fui algún rey europeo en una vida anterior y no te creerías todo lo que...

Mientras Carla murmuraba sobre sus experiencias extracorpóreas, apoyé la cabeza en el escaparate de la tienda. No podía imaginarme un futuro sin mamá, papá y Jam. Antes pensaba que saber con certeza que yo era Martha Lauren Purditt le daría sentido a todo. Creía que encontrar a mi madre biológica completaría todo lo que sentía que me faltaba para estar entera.

Pero Martha Lauren era solo el nombre de una niña desaparecida.

Y Annie Purditt no se parecía a la alegre mujer de mi recuerdo.

Y yo estaba más sola que nunca.

A las dos y media de la tarde siguiente, M. J. llegó para recogerme justo cuando acaba de hacer las maletas.

Me había despedido de Rory aquella mañana, con más pena de la que hubiera creído posible. Me preguntaba cuándo volvería a verlo. La tía Bea quería darse prisa en volver a casa para empezar a organizar los abogados de mis padres y gestionar la recopilación de los datos bancarios.

Intenté no pensar demasiado en mamá y papá. Pero Jam fue más práctico:

—Los federales no pueden retenerlos sin ninguna prueba. No son terroristas. Los soltarán en un día o dos

CHICA DESAPARECIDA

y, una vez que les hayas explicado a los Purditt que no quieres quedarte con ellos, no te obligarán. No pueden.

Pensé en el dinero que mamá y papá le habían pagado a Sonia Holtwood. Y el ansia en la cara de Annie Purditt cuando me vio. Se me encogió el corazón, pero no dije nada más, no quería estropear las últimas horas que habíamos pasado juntos.

Jam se había colado en mi habitación en cuanto se fueron Rory y la tía Bea. Al principio, fue un poco incómodo. No estaba acostumbrada a sentirme tan cohibida con él, a preocuparme por mi aspecto o por lo que pensara de mí. Pero Jam estuvo espléndido. Me dijo que le gustaba de verdad desde hacía meses. ¿No era raro que ni siquiera me hubiera dado cuenta? En fin, era dulce, divertido y... bueno. Todo lo que puedo decir es que tardé mucho en hacer el equipaje.

Y entonces, M. J. llamó a la puerta.

—Hora de irse. —Nos miró a la cara—. Tenéis dos minutos.

Salió y cerró la puerta.

Se acabó. Jam no volaría a casa hasta la tarde siguiente. Pero todo el mundo había dejado claro que no volvería a verlo antes de que se fuera.

Estaría demasiado ocupada estrechando lazos con mi nueva familia.

Me quedé mirándolo fijamente, con el corazón en un puño.

—No te vayas.

Me miró con su sonrisa grande y bonita.

—Volveré.

No lo harás. No lo harás. Dios mío, te olvidarás de mí en cuanto se te acerque la primera chica, y eso será dentro de cinco minutos, porque he visto mil veces a chicas dejarte claro que les gustas, y no puedo soportarlo. Tienes que esperarme, por favor, por favor, por favor.

M. J. volvió a llamar a la puerta.

—Venga, chicos.

No había más tiempo. Jam me puso algo en la mano, apretó mis dedos sobre ello y se fue.

M. J. recogió mi maletín.

—¿Lista? —dijo.

Asentí, dando tumbos a ciegas tras ella hasta el ascensor del hotel. Podía notar entre mis dedos lo que Jam me había dado, era pequeño y suave.

Esperé hasta que salimos del ascensor y M. J. estaba organizando los coches de la entrada. Entonces abrí la mano. Allí, en mi palma, había un pequeño óvalo de madera tallada con un agujero en el centro. Como las piezas que había visto en la cabaña de Glane, solo que mucho más pequeño y sencillo.

Lo ha hecho para mí.

Pedí en recepción un trozo de cuerda, lo pasé por el óvalo de madera y me lo até al cuello. Luego seguí a M. J. hasta el coche.

Cuando cerró la puerta de golpe, sentí como si me encerrara en una prisión.

26. Cinta

El viaje hasta casa de los Purditt pareció durar apenas segundos. Me senté en la parte de atrás del coche, con las manos fuertemente apretadas.

Cuando vi la cinta amarilla alrededor del árbol del jardín delantero de los Purditt, mi corazón, que ya estaba hecho papilla, se derramó por el suelo.

—No va a haber una fiesta ni nada de eso, ¿verdad? —le dije a M. J.

Ella me lanzó una mirada de desconcierto.

—Esa cinta lleva ahí desde que desapareciste hace once años —dijo—. ¿No te habías dado cuenta?

No lo había hecho. Mientras subíamos por el sendero, vi que tenía razón. De cerca, la cinta se veía descolorida y manchada.

—Es una tradición —dijo M. J.—, para cuando la gente está muy lejos de casa.

Mientras llamaba al timbre, el corazón se me aceleró. La casa parecía tranquila, pero tenía miedo de toda la gente a la que iba a tener que conocer.

Annie Purditt abrió la puerta casi antes de que M. J. hubiera dejado de pulsar el timbre. Se apartó para dejarme entrar.

Me temblaron las piernas al entrar en la casa. Tuve la misma impresión que antes. Mucho espacio, luz y muebles de madera pulida. Esta vez, me fijé en una piscina a través del cristal de la puerta trasera.

Me quedé plantada con incomodidad, preguntándome dónde estarían los demás.

El hombre que me había hablado la última vez que estuve allí estaba apoyado en uno de los sofás estampados de flores. Pero podía sentir sus ojos clavándose en mí. Sabía que se llamaba Sam Purditt.

Y que era mi padre, a pesar de que no lo sentía como tal.

Miré al suelo, deseando estar en cualquier otro sitio.

M. J. se despidió. Me estaba costando demasiado esfuerzo reprimir las ganas de llorar como para poder responderle. Annie Purditt acompañó a M. J. a la salida; luego vino y me tendió la mano para que le diera mi maleta. Se la di de mala gana. Aún no había hablado.

—Ven y siéntate. Estamos solos. Hemos pensado que sería más fácil para ti.

Dejó mi maleta junto a la escalera y me condujo hasta los sofás. Tenía la fuerte sensación de que se moría de

CHICA DESAPARECIDA

ganas de lanzarse sobre mí y darme un gran abrazo, y se estaba conteniendo con dificultad.

Me senté en la esquina del sofá, lo más lejos posible de ella.

Miré hacia el suelo. El óvalo de madera en su trozo de cuerda colgaba sobre mi blusa. Al verlo, se me hizo tal nudo en la garganta que tuve que clavarme los dedos en las palmas de las manos para no chillar.

—¿Lauren?

Levanté la vista. Annie estaba sentada en el sofá frente a mí. Sam estaba de pie tras ella, asomándose por encima de su hombro. Tenían las manos entrelazadas.

No podían ser más distintos de mamá y papá. A pesar de las arrugas en la cara, Annie era obviamente mucho más joven que mamá y se había arreglado un montón. Llevaba el pelo cuidadosamente recogido y el maquillaje inmaculado, con brillante pintalabios rosa. Sam parecía más joven que ella. Era alto y de aspecto atlético, con el pelo castaño oscuro, que le caía sobre la frente.

—La orientadora nos ha dicho que prefieres que te llamen Lauren —dijo Annie.

Por supuesto que sí, es mi nombre.

—Lo cual nos parece bien —añadió Sam rápidamente.

—Lauren era el nombre de mi madre —continuó Annie—. Por eso es tu segundo nombre. Me alegro mucho de que lo hayas recordado; al menos, supongo que lo has hecho, o de lo contrario... —Apartó la mirada—. Mi madre no era mucho mayor que tú cuando yo nací, tenía dieciocho años. Se llamaba Lauren por la famosa actriz Lauren Bacall. También es mi segundo nombre.

—Annie. —Sam palmeó a su mujer en el hombro.

—Sí, lo siento, solo... —Una lágrima resbaló por su mejilla.

Bajé la mirada a mi regazo. Aquella mujer era mi madre. Iba a tener que vivir con ella, pero era una completa desconocida.

—Esto es muy duro para todos, Lauren. Pero... pero pa... Sam y yo queremos que sepas que te queremos muchísimo.

No me conocéis.

De repente, eché mucho de menos a mamá y a papá.

Oh, Dios, ¿y si los meten en la cárcel y no los vuelvo a ver?

Se me retorcieron las tripas.

—Nunca dejamos de esperar, buscar, desear y rezar para que volvieras a casa con nosotros. Oh..., oh, ¿qué te pasa?

Ya no pude contener más las lágrimas. Al oír la palabra «casa», todo mi cuerpo se estremeció de desesperación. Me agaché, ocultando mi rostro, azotada por silenciosos sollozos.

Y de repente los dos estaban allí, también deshechos en lágrimas. Annie arrodillada ante mí, rodeándome con los brazos, diciendo «mi bebé, mi bebé», la mano de Sam acariciándome el pelo.

Era horrible.

CHICA DESAPARECIDA

Quería chillarles para que se fueran. Que me dejaran irme a casa. ¿Pero de qué iba a servir? ¡Mamá y papá no podían verme! Ya no tenía casa.

Me obligué a dejar de llorar. Me senté, me eché hacia atrás y me froté los ojos.

A los papás solo los están interrogando. Pronto saldrán y entonces podrán luchar por mí. Los Purditt no me obligarán a quedarme. Si me quieren de verdad, dejarán que me vaya.

Me metí el óvalo de madera dentro de la blusa. Repetí las palabras una y otra vez en mi cabeza.

Las cosas ya solo pueden ir a mejor.

En ese momento no tenía ni idea, pero las cosas estaban a punto de ponerse mucho peor.

27. ¿Aún me echas de menos?

Aproximadamente una hora después de mi llegada, aparecieron las otras hijas de Annie y Sam.

Las recordaba a las dos del otro día: a Shelby, rubia de bote, que había intentado echarme, y a la pequeña Madison, que me había mirado fijamente por encima del sofá, con los ojos tan grandes y redondos como los de un lémur.

—¿Seguro que no pasa nada? —dijo Shelby desde la puerta principal.

—Por supuesto, cariño. —Annie se levantó—. Entra y conoce a tu hermana como es debido.

Shelby entró al salón arrastrando los pies con cautela. Llevaba el pelo recogido en una coleta y una enorme cantidad de maquillaje. Sabía, por lo que Annie me había contado, que tenía trece años, un año menos que yo. Mi madre jamás me habría dejado ponerme tanto rímel, ni siquiera ahora.

CHICA DESAPARECIDA

—Hola, Martha. —Se sonrojó—. Ay, perdona. Se supone que tengo que llamarte Lauren.

—Hola —dije brevemente. Luego, sintiendo que quizá debería ser un poco más agradable, añadí—: Estoy segura de que nos llevaremos bien.

A Shelby le tembló el labio.

—No pasa nada, cariño. —Annie le dio un abrazo enorme y luego se volvió hacia mí—. Shelby está un poco emocional ahora mismo. Solo tenía dos años cuando desapareciste, así que todo esto es un poco raro para ella.

¿Para ella?

Shelby me miró fijamente con sus pequeños ojos grises.

—Siempre he querido conocer a mi hermana mayor —dijo con una voz neutra que me dejó bastante claro que nunca había deseado tal cosa.

—¡Oh, Shelby! Qué cosas tan dulces dices. —Annie volvió a abrazarla.

Oí un ruido detrás de mi silla y miré a mi alrededor. Di un respingo. Madison estaba de pie junto al brazo, a medio metro de mí.

—Madi, por favor, no te acerques así a la gente —suspiró Annie—. Voy a hacer un poco de té. Ven cuando estés lista.

Shelby siguió a su madre fuera de la habitación. Le sonreí a Madison.

—Hola.

Ella me miró fijamente.

—¿Cuántos años tienes? —dije, aunque Annie ya me lo había dicho.

—Seis. —Madison seguía sin quitarme los ojos de encima—. ¿De verdad eres mi hermana?

Asentí.

—Creía que eras una princesa.

—Oh, bueno... Mmm... No lo soy. Lo siento, supongo que soy del montón.

Se inclinó hacia delante y me susurró al oído. Su aliento olía a mermelada de fresa.

—Podríamos hacer como si lo fueras.

Sonreí.

—¿Te gustan los juegos de interpretar?

Madison asintió solemnemente.

—Voy a ser actriz cuando sea mayor.

—¿De verdad? ¿Te gusta disfrazarte y esas cosas? —pregunté, recordando cómo me gustaba ponerme la ropa vieja de mamá cuando era pequeña.

—Un poco. —Madison ladeó su rostro ovalado—. Pero lo que de verdad me gusta es interpretar. Ya sabes, imaginarme que soy otra persona.

—El té está listo —llamó Annie.

Madison salió dando saltitos de la habitación. La seguí, observando la forma en que su largo pelo oscuro se balanceaba de un lado a otro por su espalda.

—Espero que hayas sido amable con Lauren —dijo Annie cuando Madison se sentó a la mesa. Se volvió hacia mí—. Es muy tímida.

CHICA DESAPARECIDA

—Una colgada, querrás decir —dijo Shelby, no especialmente en voz baja.

Annie no pareció haberla oído.

—En realidad, Madison se ha portado muy bien —dije en voz alta—. Me ha contado… muchas cosas.

Madison se sonrojó. Intenté sonreírle para asegurarle que no iba a chivarme a Shelby de sus ambiciones de ser actriz, pero apartó la mirada.

Annie dejó una jarra de leche sobre la mesa y se acercó a mi silla.

Al menos, salí de casa aquella tarde. Le había preguntado a Annie si podía usar el teléfono.

—Por supuesto. —Annie se sonrojó—. No hace falta que preguntes.

—Oye, ¿por qué no te llevo al centro comercial? —propuso Sam—. Podemos comprarte un móvil.

Así que nos fuimos, solo Sam, Madison y yo, en el gran coche familiar de siete plazas.

Sam se portó bien, la verdad. Estuvo muy atento con Madison, gentil y un poco bromista. Aunque no era muy hablador. Supongo que es lo que Carla llamaría ser *intuitivo*: alguien que entiende las cosas sin que tengas que decírselas.

Por ejemplo, los dos sabíamos que un móvil nuevo tardaría unas horas en cargarse. Pero notó que me moría de ganas de hacer una llamada, así que, sin que tuviera que pedírselo, se ofreció a prestarme el suyo. Y se fue con

Madison a dar una vuelta por una tienda de ropa mientras yo hablaba por teléfono. O sea, mamá se habría quedado merodeando para saber con quién hablaba. Y papá no habría captado la indirecta. Desde luego, no se habría pasado diez minutos mirando camisas y jerséis para darme algo de intimidad.

¿A quién llamé? A Jam, por supuesto. Seguía en el hotel.

—Te echo de menos —dijo.

Me hizo sentir mejor, cálida y radiante por dentro.

Hasta que Carla lo llamó y tuvo que colgarme.

Entonces, volví a quedarme sola.

Elegí un pequeño móvil plateado muy bonito con un ribete rosa. Sam me dijo que podía elegir el que quisiera, pero no quise ser codiciosa: me bastaba con que fuera a prueba de agua, porque vivíamos cerca del mar, y con que la cámara fuera lo bastante decente para enviarle buenas fotos a Jam. Él también se había quedado sin móvil, pero esperaba que pudiera verlas en el ordenador.

Después, los tres fuimos en coche hasta el puerto. Hacía frío, pero en el buen sentido: un día nítido y fresco, con cielos azules despejados. La parte de Evanport que queda junto al mar es realmente bonita. Hay un gran paseo marítimo de madera con muchas cafeterías y un largo puerto deportivo lleno de barcos.

Nos sentamos y nos tomamos un par de refrescos mirando el mar. Madison jugaba por los alrededores, lanzándome miradas de vez en cuando con sus enormes ojos. Sam me enseñó su barco: el Josephine May. Relucía bajo el sol, balanceándose sobre el agua como un niño impaciente. Sam se emocionó muchísimo cuando subimos a bordo; incluso permitió que Madison corriera por allí y me atolondrara un poco contándome cómo se llamaban las distintas partes del barco.

—No tengo tanto tiempo como me gustaría para navegar —suspiró—. Y a Annie y Shelby ya no les gusta tanto como antes. Pero a Madi le sigue encantando venir. Podríamos salir a navegar alguna vez.

Me miró expectante.

—Claro —dije.

El sol casi se había puesto cuando recorrimos el corto trayecto hasta casa. Sam llevaba a Madison de la mano. Probablemente el agotamiento y la oscuridad hicieron que me volviera a sentir miserable, así que, empeñada en lo mío, ni siquiera me di cuenta de que el coche de M. J. estaba aparcado en la entrada.

En cuanto entramos, pude ver en su cara que no traía buenas noticias. Me llevó a la sala de estar mientras Annie se impacientaba en la cocina, lanzando miradas ansiosas en nuestra dirección.

—Taylor Tarsen ha admitido saber todo sobre tu secuestro de pequeña —dijo M. J.

Fruncí el ceño.

—Pero eso es bueno, ¿no? —pregunté—. O sea, si ha admitido haberme secuestrado, eso demuestra que mamá y papá son inocentes.

—No es tan sencillo —dijo M. J.—. Tarsen ha firmado una declaración diciendo que tus padres estaban implicados en todo el asunto.

La miré fijamente, con el corazón latiéndome desbocado.

—¡Está mintiendo! —grité—. Mamá y papá me lo contaron todo. Creían que Sonia Holtwood era mi madre.

—Chist. —M. J. se inclinó hacia mí y me dio unas palmaditas en el brazo—. Entre tú y yo: te creo. Tus padres parecen gente decente y su historia encaja. Pero han admitido que infringieron la ley con la transferencia de dinero a Sonia. Y tenemos que pasar por el procedimiento legal.

Hablamos un poco más. M. J. prometió que le diría al abogado de mamá y papá que me llamara más tarde. Luego se escabulló.

Me senté en el sofá. El móvil de Sam estaba en la mesita junto a la puerta. Lo agarré y le envié un mensaje a Jam. No me atrevía a llamarlo y hablar con él por si entraba alguien de la casa.

De todas formas, lo que realmente quería era un abrazo.

CHICA DESAPARECIDA

Recordando lo que me había dicho antes escribí:

¿Aún me echas de menos?

Me contestó directamente:

Más.

Borré los dos mensajes y guardé el teléfono. Es curioso cómo algo puede darte fuerzas y al mismo tiempo romperte el corazón.

28. La habitación de Martha

Esa misma tarde, hablé con el abogado de mamá y papá.

Apenas podía asimilar lo que decía. Mamá y papá habían sido acusados de algo que sonaba horrible, de «conspiración para secuestrar a una menor». Por ahora, estaban en la cárcel, esperando la siguiente fase del proceso legal.

El señor Sánchez, su abogado, dijo que estaba trabajando duro en su favor, pero que yo iba a tener que prepararme para una larga lucha.

Colgué el teléfono, demasiado aturdida para hablar siquiera.

—¿Qué pasa, Lauren? —Annie revoloteaba a mi alrededor, nerviosa y ansiosa.

No me atrevía a decírselo.

—Nada —mentí.

—Vale..., bueno..., esto..., he cocinado una cena especial —dijo Annie—. Estará lista en unos minutos. —Se alejó con expresión abatida.

No bromeaba cuando había dicho «especial». La mesa estaba cubierta con un elegante conjunto de mantel y servilletas de lino, y con una vajilla de reluciente porcelana blanca.

Me senté entre Sam y Madison, esperando que no todas las cenas fueran tan formales allí.

Annie sirvió algo a lo que llamó «osobuco». Comimos en silencio. Podía sentir que todos me observaban. Yo mantenía los ojos pegados a mi plato.

—El tenedor, Madison —dijo Annie con suavidad.

Miré de reojo. Madison dejó el cuchillo y se pasó el tenedor a la otra mano.

No tenía ni idea de lo que estaba pasando, pero me sentía demasiado incómoda para hacer preguntas. Unos minutos después, volvió a ocurrir.

—Venga, Madison —dijo Annie—. ¡Estamos comiendo alta cocina!

Madison se sonrojó y me lanzó una rápida mirada.

Shelby se rio entre dientes.

—Solo porque Mar... Lauren lo haga, no significa que tú puedas.

La miré fijamente. ¿Solo porque yo hiciera el qué?

Annie agitó las manos.

—No pasa nada, Lauren. Solo comemos con el tenedor. Es decir, usamos el cuchillo y el tenedor juntos para cortar la comida, pero luego nos pasamos el tenedor a la otra mano para comer.

Creo que me quedé con la boca abierta.

¿Quién es esta gente?

Shelby volvió a reírse.

—Es porque creemos que es de mala educación meternos la comida en la boca a paletadas —dijo señalando mi propio tenedor, que estaba presionado contra mi cuchillo, recogiendo un último bocado de judías verdes picadas.

—Oh, pero no esperamos que *tú* lo hagas —me soltó Annie—. Es una costumbre estadounidense y todos sabemos que has tenido otras..., o sea, que eres europea. Es decir... —Se levantó de la mesa y empezó a recoger platos. Sin dejar de hablar como una loca, corrió a la cocina y reapareció en cuestión de segundos con un gran pastel. Sosteniéndolo en alto, avanzó hacia la mesa.

—Lo he hecho mientras estabais fuera. No estaba segura, pero intuí que lo entenderías. Es un día tan importante... —Su voz se apagó mientras colocaba el pastel frente a mí. Era alto y estaba cubierto de glaseado blanco. En la parte superior, en letras amarillas curvadas, estaban las palabras «Bienvenida a casa, Lauren».

—El glaseado es muy bonito, mamá —dijo Madison.

Me quedé mirando el pastel.

Annie seguía parloteando detrás de mí. Me acercó un cuchillo largo, con el mango por delante, desde el otro lado de la mesa. Podía sentir las miradas de los demás: Sam preocupado, Shelby con cara de suficiencia y

Madison con esos grandes ojos aterciopelados y redondos como platos.

No tomé el cuchillo, así que Annie se acercó y lo usó ella misma. Le temblaba la mano mientras cortaba el pastel de forma irregular.

—Bueno, supongo que querrás echar un vistazo arriba, Lauren. —Deslizó un trozo de pastel en un plato pequeño y lo colocó delante de mí—. Y también deberíamos discutir en qué habitación vas a dormir.

Aparté el plato.

No pensaba comerme su pastel.

Una mirada de humillación se intuyó en los ojos de Annie. Su cara se puso de un rojo intenso.

—Lo que habíamos pensado era que podías elegir. Si quieres, puedes dormir con Shelby. Pensamos que sería divertido, así podríais conoceros.

Miré a Shelby. Ella me fulminó con la mirada.

Preferiría conocer a una serpiente venenosa.

—O podrías elegir una de las habitaciones de invitados y te la prepararemos mientras te acostumbras a estar aquí.

Nunca me acostumbraré a estar aquí.

—O... —Annie vaciló—. O está tu antigua habitación.

La miré. No se me había ocurrido que ya tendría una habitación en la casa. A pesar de la nostalgia que sentía por mi hogar en Londres, me invadió la curiosidad al instante.

—¿Te gustaría verla? —preguntó Annie.

Asentí con la cabeza.

—De acuerdo —saltó Annie con impaciencia, derribando su vaso. El agua inundó el suelo—. Oh, vaya, ¡qué desastre!

Sam la siguió a la cocina para buscar un trapo.

—Shelby, ¿por qué no le enseñas a Lauren su habitación mientras limpiamos? —dijo.

—Claro, papá. —Shelby se volvió hacia mí—. Me encantaría —susurró con sarcasmo.

Seguí a Shelby escaleras arriba. Desde detrás, podía ver que, aunque era de mi misma estatura, sus piernas eran en realidad mucho más cortas. Sobresalían de su minifalda como duros tronquitos de árbol. También pude ver raíces marrón oscuro que se extendían por las mechas rubias de su nuca. Aquello me hizo sentir ligeramente mejor. Una hermana horrible ya era bastante fastidio, pero una hermana radiante con el pelo perfecto y piernas largas habría sido insoportable.

Shelby cruzó el largo pasillo a zancadas y señaló una puerta abierta a la izquierda.

—Esa es la mía —dijo.

A través de la puerta, pude ver un enorme tocador cubierto de frascos de maquillaje y perfume. Unas cortinas lilas con volantes y un alijo de muñecas en una esquina le daban un cierto aire infantil, pero el resto de la habitación era más adulta. La ropa se desparramaba por un vestidor situado al final de la cama.

Shelby me cerró la puerta en las narices.

—Está prohibido que entres ahí —dijo—. Y menos en mi vestidor. No quiero que toques ninguna de mis cosas.

¿Fuiste a clases especiales para ser así de mala o naciste con ese don?

—Tranquila —dije fríamente—. No tocaría tus cosas ni aunque me pagaras.

Los ojos de Shelby eran como pequeñas piedras.

—*Trinquili* —dijo burlándose de mi acento británico. Se sacudió la melena por el hombro y se quedó mirando el óvalo de madera en la cuerda que me colgaba del cuello—. Al menos yo tengo cosas bonitas.

Sentí que se me calentaba la garganta.

—Nadie te quiere aquí, ¿sabes? —se mofó Shelby—. Mamá y papá hacen como si fuera lo más increíble que les ha pasado nunca, pero lo que realmente quieren es a la niña que recuerdan: una niña pequeña, ¡no una adolescente! Mira. —Señaló una puerta un poco más adelante en el pasillo.

El nombre «Martha» estaba escrito en el exterior con letras grandes, cada una decorada con un animal diferente. Me quedé mirando la M. Tenía un mono pintado en la parte delantera. Sentí agitarse un recuerdo. Era lo primero desde que había llegado que me resultaba familiar. Me acerqué a la puerta cerrada, con el estómago revuelto.

—Bueno, ¿por qué no entras? —dijo Shelby—. Es tu habitación.

Giré el picaporte. Era una habitación enorme, de colores primarios y brillantes. Las paredes eran amarillas, con un friso del alfabeto junto al techo.

Había un baúl de madera bajo la ventana, cubierto con un montón de muñecas y ositos de peluche. Me acerqué a la cama individual más allá del baúl. Un conejo azul con grandes ojos de botón yacía sobre la suave colcha. Lo sostuve. El conejo llevaba un vestido de raso rosa con tirantes finos. Estaba desgastado y una de las largas orejas estaba rasgada a lo largo de la costura. Sentí otra sacudida de reconocimiento. Había querido y abrazado a aquel conejo cuando era pequeña. Estaba segura.

—Veo que has encontrado a Bebé Conejo.

Annie estaba de pie en la puerta, junto a Shelby. Me llamó la atención cómo ambas tenían la misma forma del labio superior: carnoso con una forma puntiaguda de V en el centro.

Recordé la forma en que se había reído mi madre en la playa. Por algún motivo, no podía imaginarme a Annie riendo igual.

Le susurró algo a Shelby, que frunció el ceño y se marchó. Annie entró y cerró la puerta. Pasó los dedos por una estantería de pequeños libros de cartón.

—Lo he conservado todo tal como estaba cuando... — Apartó la mirada.

Me puse de pie con torpeza, cambiando el peso de una pierna a la otra.

CHICA DESAPARECIDA

—Durante años, este fue el único lugar en el que podía calmarme —dijo Annie—. El único lugar donde podía encontrar algo de paz. —Cruzó la habitación hasta donde yo estaba plantada. Sus dedos temblaron al tocarme el brazo—. ¿Te gustaría dormir aquí? Podemos repasar todas las cosas de bebé en otro momento, tú decides qué quieres quedarte y qué no.

Asentí; luego me encogí, apartando mi brazo de su mano.

Annie se quedó allí unos segundos, con la mano extendida. Luego se dio la vuelta y salió de la habitación.

Me dejé caer en la cama. Shelby tenía razón: Annie no me quería a mí, ¡quería a la hija que había perdido! Quería once años de comidas, mimos y tiritas en las rodillas.

Pero no me quería a mí: la de aquí, la de ahora. Tal como era.

Y yo no la quería a ella: quería a la madre que había recordado. La mujer con la que había soñado.

Me hice un ovillo y lloré hasta quedarme dormida.

29. La discusión

Pasaron los días. Me estaba volviendo loca intentando averiguar algo sobre mamá y papá. Su abogado me ponía de los nervios. No había nadie en el mundo más difícil de localizar. Luego, cuando hablaba con él, solo daba respuestas vagas a mis preguntas.

«¿Cuándo podré salir de aquí?».

«¿Cuándo podré ver a mamá y a papá?».

No es que estuviera viviendo en un infierno. La casa de Sam y Annie era mucho más elegante y glamurosa que la mía en Londres. Pero no era mi hogar.

Echar de menos a mamá y a papá era un dolor constante. Era raro. Teniendo en cuenta que los había odiado a menudo en Londres, nunca habría imaginado que los echaría tanto de menos. Tampoco era que quisiera hablar con ellos de algo en concreto; más bien quería tenerlos de fondo, haciendo sus cosas de mamá y papá, junto con todos los olores y sonidos de mi vida normal.

CHICA DESAPARECIDA

Al cabo de más o menos una semana, me había acomodado un poco a la rutina. Me levantaba después de que Shelby y Madison se fueran al colegio. Entonces, Sam y yo bajábamos a menudo al puerto deportivo. Sam se había tomado un mes de excedencia del trabajo. Annie decía que solía estar muy ocupado, así que el mes libre le servía para desconectar y también para conocerme.

Para ser sincera, no creo que le gustase mucho descansar. Por eso pasaba tanto tiempo haciendo cosas en el Josephine May. A veces salíamos a navegar por la bahía. Esos eran mis momentos favoritos, sobre todo cuando también venía Madison. Nos poníamos en la proa, con el viento golpeándonos la cara, y me olvidaba de todo.

Era precioso salir a la bahía y mirar hacia Evanport. Las casas del lado oeste de la costa eran todas de tablones de madera, pintadas en colores pastel. Sam me contó que eran muy antiguas, aunque a mí solo me parecían grandes casas de playa.

Jam había logrado hacerse con un móvil, así que podíamos enviarnos vídeos y fotos. Hablábamos a todas horas. Él lo sabía todo. Lo desgraciada que me sentía, lo mucho que lo echaba de menos y lo desesperada que estaba por volver a casa.

Cuando no estaba llamándolo o escribiéndole, deambulaba por mi cuenta, explorando todos los cafés y tiendas. Annie y Sam me dieron un montón de dólares el segundo día. Me dijeron que saliera a comprarme ropa nueva. Me compré un par de vaqueros y varias blusas monísimas, además de un montón de maquillaje fabuloso llamado Ultra Babe.

Pero mi mejor compra, con diferencia, fueron unas botas de cuero marrón hasta la rodilla, con tacones altos y puntiagudos. Me puse muy nerviosa al llevarlas de vuelta a casa. A mamá le habría dado un ataque si me hubiera visto con ellas puestas, pero Annie se limitó a decir lo bonitas que eran.

M. J. me llamaba casi todos los días, sobre la hora de comer. Me mantenía al corriente de la búsqueda de Sonia Holtwood, que no iba bien. En realidad, no me sorprendía. Sonia Holtwood era solo una de las muchas identidades que utilizaba la mujer. Se las robaba a personas de su misma edad que habían muerto cuando eran niños. Solo de pensarlo, se me ponía la piel de gallina. De todas formas, hasta ahora, el FBI no sabía siquiera cuál era su verdadero nombre.

Annie nunca intentó hablarme de Sonia ni de mamá y papá. De hecho, al final de mi primera semana, prácticamente habíamos dejado de hablarnos por completo. Bueno, yo había dejado de hablar con ella.

Suena mezquino, ¿verdad? Pero, si hubieras visto cómo se comportaba, lo entenderías. Siempre estaba rondando cerca de mí, observándome todo el rato. Entonces soltaba una pequeña e irritante tos. «Ooh, Lauren», decía, con cordialidad y falsa alegría. Y entonces arrancaba: ¿quería más sesiones de asesoramiento?

¿Me gustaría conocer al resto de la familia? ¿Cuándo estaría lista para pensar en el instituto?

Era todo tan falso...

Prefería el trato con Shelby. Al menos, ella y yo sabíamos que nos odiábamos. Pero, con Annie, me sentía como un picor que ella no podía rascarse. Cuanto más me alejaba de ella, más me rondaba. Cuanto más le dejaba claro que no quería estar cerca de ella, más se agarraba a mí.

Notaba que Sam estaba nervioso por la situación. Pero nadie intercedía y la tensión entre nosotras aumentaba y aumentaba. Dos semanas después de mi llegada, todo se precipitó.

Había estado leyendo *Buenas noches, Luna* con Madison. Había encontrado el libro en la estantería de mi habitación. Solo tenía un vago recuerdo de haberlo leído cuando era pequeña, y las páginas estaban arrugadas y sucias por los bordes, pero había algo extrañamente reconfortante en el mero hecho de sostenerlo en las manos.

Aspiré el olor seco, rancio y profundamente familiar del papel mientras Madison practicaba un poema que iba a recitar en la escuela al día siguiente. Se reía porque no paraba de confundir las palabras *canción* y *calzón*.

Entonces, llamó el abogado de mamá y papá, el señor Sánchez.

—¿Pasa algo? —dije.

—Tengo noticias —enunció—. Taylor Tarsen ya está en libertad bajo fianza. Y también lo están tu madre y tu padre adoptivos.

—¿Puedo verlos? —supliqué con impaciencia.

—No —respondió—. Ese es el problema. Los Purditt están intentando bloquear cualquier tipo de visita. Argumentan que existe un grave riesgo legal de que tus padres adoptivos intenten secuestrarte si se les permite verte.

—Hablaré con ellos —dije.

Colgué el teléfono, hirviendo de rabia.

Annie salió revoloteando de la cocina.

—¿Alguna novedad, Lauren?

Fui hacia ella.

—¿Cómo te atreves a intentar impedir que vea a mi madre y a mi padre?

Annie palideció.

—Espera, Lauren —dijo—. No lo entiendes.

—¡Me han criado durante once años! —grité—. ¡Tengo derecho a verlos!

Sam y Shelby aparecieron de la nada.

—Te alejaron de nosotros. —Annie se retorció las manos.

—¡No sabían de dónde venía en realidad! —grité—. Pero, aunque lo supieran, siguen siendo mis padres más que tú.

—¡No le hables así a mi madre! —advirtió Shelby.

—Que todo el mundo se calme —dijo Sam—. Lauren, sé que esto es duro, pero tienes que afrontar lo que han hecho. No se merecen verte.

—¿Y qué pasa conmigo!? —chillé—. Atrapada aquí para siempre... ¡Odio estar aquí! ¡¡Lo odio!! ¡¡¡Lo odio!!!

Me di la vuelta y corrí escaleras arriba. Podía oír a Annie corriendo tras de mí y a Sam llamándola para que volviera. Llegué a mi habitación y cerré de un portazo.

Pero no había cerradura. Unos segundos después, Annie irrumpió.

—¡Fuera! —grité.

—No. —Sus ojos se entrecerraron. La insulté.

Vino hacia la cama y me agarró el brazo.

—¿¡Cómo te atreves a tratarme así!? —gritó, tirando de mí hacia arriba. Tenía la cara completamente roja, los globos oculares hinchados de furia—. No he hecho más que andar de puntillas a tu alrededor desde que llegaste. Te quiero muchísimo y ni siquiera me dejas entrar en tu mundo.

—¡Tú no me quieres! —grité—. Ni siquiera me conoces.

Nos quedamos allí, la una frente a la otra, mirándonos fijamente. Esperé, deseando que se marchara y me dejara en paz.

Pero, en lugar de eso, dejó escapar un largo y lento suspiro.

—Lo siento —dijo—. No debería haberte gritado. —Hizo una pausa—. Hay algo que me gustaría enseñarte. Por favor, sígueme.

Desconcertada por su cambio de tono, la seguí enfurruñada hasta una de las habitaciones de invitados. Annie se acercó a un armario alto que había en un rincón y abrió la puerta.

—Esos once años, mientras tu madre y tu padre disfrutaban de ti, yo estuve haciendo esto.

Eché un vistazo al armario. Estaba rebosante de archivos y cajas de papeles; montañas de recortes de periódicos amarillentos e impresiones de Internet se amontonaban en los estantes.

Annie metió la mano y sacó una carpeta al azar. La empujó hacia mí. Leí la etiqueta adhesiva: «Posibles avistamientos de Martha». Tenía al menos tres centímetros de grosor.

—No hice otra cosa que buscarte —dijo Annie—. Estaba obsesionada. Descuidé a Shelby. Descuidé a Sam. Incluso nos separamos durante un tiempo. Al final, todo el mundo me decía que lo dejara correr, que no volverías jamás. Pero nunca me rendí. —Se volvió hacia mí—. ¿Estás enfadada con nosotros porque crees que no nos esforzamos lo suficiente para encontrarte?

—No —dije sinceramente—. Nunca lo había pensado así. Quiero decir, sé que debe haber sido duro no saber nada de mí, pero...

—¿Duro? —Annie me miró fijamente—. Estaba aterrorizada a todas horas. No podía comer, no podía dormir. Dejé de *vivir*. Allá donde iba, te veía. Hiciera lo que hiciera, nada me quitaba el sentimiento de culpa por no haberte protegido adecuadamente aquel día. —Le temblaba el labio—. El pánico.

—Pero no puedes castigar a mi madre y a mi padre por eso. —Las lágrimas me llenaban los ojos—. Estaban desesperados por tener un hijo. Cuando le pagaron todo ese dinero a Sonia, no sabían que yo no era su hija.

Annie se pasó la mano por el pelo.

—¿No se te ha ocurrido que, si nadie estuviera dispuesto a pagarle a gente como Sonia Holtwood las enormes cantidades de dinero que piden, no se molestarían en robar niños y venderlos?

Salió de la habitación.

Me senté en el suelo, atónita. Nunca había visto así lo que habían hecho mamá y papá. Me invadió una oleada de miseria. Hundí la cara entre las manos. ¿Por qué me estaba pasando todo esto a mí? No era justo.

Al cabo de unos minutos, sentí una manita que me acariciaba la espalda.

Levanté la vista. Era Madison. Sus ojos redondos achocolatados estaban llenos de preocupación.

—Hola, Lauren —dijo.

Me dio un abrazo. Era el primer contacto humano propiamente dicho que había tenido en quince días. Le devolví el abrazo, con fuerza.

—He traído algo para enseñarte —dijo señalando un álbum delgado que había junto a ella en el suelo.

Me sorbí los mocos e intenté sonreírle.

—¿Qué es eso? —le pregunté.

—Mi álbum de fotos especial —dijo—. Fotos tuyas. Y algunas mías. ¿Quieres verlas?

Asentí, secándome las lágrimas. Madison se acurrucó a mi lado en el suelo y miramos juntas el álbum.

Las primeras páginas eran todas fotos de bebé marcadas con mi nombre y la fecha. Las miré fijamente, los ojos se me volvieron a llenar de lágrimas. Ahí estaba la vida que había perdido. La vida que tanto había deseado conocer cuando estaba en Londres.

—Quería enseñártelas antes —me explicó Madison—. Mamá me dijo que tenía que esperar hasta que estuvieras lista. Por eso aún tampoco conoces al abuelo y a la abuela. Pero he pensado que te gustarían. Mira.

Pasó unas páginas hasta llegar a otro conjunto de fotos de bebé. La iluminación y la ropa eran diferentes, pero por lo demás tenía un aspecto similar: la misma cara regordeta y el mismo pelo castaño. Esperé. Miré más de cerca.

—En estas tengo los ojos marrones —dije.

Madison soltó una risita.

—Esa soy yo —dijo con orgullo—. Nos parecemos, ¿no? Todo el mundo dice que también nos parecemos a papá.

La miré. Podía ver el parecido entre Madi y Sam: tenían la misma nariz respingona, la piel lisa y aceitunada. ¿Me parecía yo también a ellos?

Pasé otra página. El nuevo conjunto de fotos mostraba a Madison —no, era yo otra vez— en una playa.

CHICA DESAPARECIDA

Aparentaba unos tres años. Tenía un cubo de plástico rojo en la mano.

Aquello refrescó algo en mi memoria. De mi hipnoterapia con Carla.

—Mi cubo —dije, con el corazón latiéndome apresuradamente—. En la playa.

Allí era donde jugaba al escondite con mi madre. Con Annie.

Madison asintió.

—Está cerca de aquí: Long Mile Beach. Es donde desapareciste. Mami me lo contó.

Señaló la parte inferior de la página.

Jadeé. Era la mujer de mis recuerdos. Sus ojos brillaban, sus brazos me rodeaban.

—Ahí está mamá —dijo Madison—. ¿A que era guapa?

Me quedé mirando la foto. Era raro ver aquel rostro fuera de mi cabeza; irreal, de algún modo. Intenté comparar a la risueña mujer de la foto con el actual rostro, tenso y arrugado, de Annie. ¡El parecido era evidente! Ahora lo veía, sobre todo en los ojos. Pero, once años después, Annie parecía una anciana. No, no exactamente más vieja, más bien parecía el fantasma de la mujer de la foto.

—Mamá dijo que se puso muy triste cuando te fuiste —dijo Madison, acariciando la foto con el dedo—. ¿Por qué no está contenta ahora que has vuelto?

30. Desde el corazón

Los mensajes empezaron al día siguiente.

Estaba probándome una nueva sombra de ojos Ultra Babe —Emerald Shimmer, por si te interesa— en el gran cuarto de baño familiar que hay junto a mi dormitorio.

Por el rabillo del ojo, vi a Madison asomarse por la puerta. Fingí no darme cuenta, esperando que saltara hacia mí en cualquier momento, «¡sorpresa!». Pero de repente se dio la vuelta, mirando hacia el pasillo.

Dos segundos después, comprendí por qué.

Shelby estaba allí. No se dio cuenta de que yo estaba dentro del cuarto de baño, pero pude ver la parte de atrás de su cabeza rubia mientras se acercaba a Madison en la puerta.

—Puaaaj, ¿qué es ese olor? —exclamó Shelby.

Por las risitas que siguieron, supuse que estaba con alguna de sus amigas malcriadas del colegio. Había un par de chicas que a menudo venían con ella a casa después de clase. Se pasaban horas parloteando sobre los chicos que les gustaban o sobre el último volumizador labial que intentaban que sus padres les dejaran ponerse.

—Puaaaj, qué peste. —La voz de Shelby se elevó con fingido horror.

Hubo más risitas. Me moví un poco para poder ver con más claridad. Shelby estaba de pie, tapándose la nariz. Madison estaba encogida contra la jamba de la puerta. Tenía una mirada horrible, inexpresiva. Como si intentara fingir que no estaba allí.

Me quedé helada, con el pincel de la sombra de ojos aún en la mano.

Y entonces, antes de que pudiera hacer o decir nada, Shelby alargó la mano y levantó la pequeña camiseta de Madison. Se lo levantó hasta que pude ver toda la barriguita blanca y plana de Madison. Tenía una serie de moretones en el costado. Algunos eran de un morado oscuro, otros más descoloridos y de un amarillo verdoso.

—A las niñas mierdosas y malolientes hay que castigarlas —se mofó Shelby.

Contuve la respiración, incapaz de creer lo que estaba viendo.

Con un gesto rápido y deliberado, Shelby se inclinó y retorció la carne de Madison justo debajo de las costillas.

Madison se estremeció. Intentó apartarse. Pero Shelby era demasiado fuerte.

Me planté junto a ellas en una zancada. Le di a Shelby un empujón en el pecho. Ella retrocedió dando tumbos por el pasillo, chocando contra una de sus odiosas amigas.

—Aléjate de ella —susurré—. O haré que te arrepientas.

Alcancé a ver a su amiga, con la boca abierta. Y a la propia Shelby, con los ojos brillando como bolas de fuego.

Luego arrastré a Madison de vuelta al cuarto de baño y cerré de un portazo.

Me costaba respirar y las manos me temblaban de ira. Miré a Madison. Estaba apoyada contra la pared, con la cara medio girada hacia otro lado. Su cuello y sus mejillas ardían de rubor.

Le toqué el hombro.

—¿Estás bien?

Se puso rígida y se apartó un poco. Tenía ganas de arrastrarla escaleras abajo y enseñarles a Annie y a Sam lo que le había hecho Shelby, lo que sin duda llevaba tiempo haciéndole. *Maldita psicópata.* Pero me di cuenta de que ese tipo de atención era lo último que Madison quería.

—Si vuelve a intentarlo, avísame.

Madison se quedó allí plantada, más rígida que un lápiz, con la cara convulsionada por la vergüenza.

Volví a la pica. El pincel de la sombra de ojos seguía aferrado a mi mano. Mi vista se posó en la pequeña almohadilla de sombra de ojos que había estado probando antes. Se la tendí a Madison.

—¿Te gustaría probarte un poco?

CHICA DESAPARECIDA

Ella asintió con la cabeza.

Me senté en el borde de la bañera y vertí un poco del polvo verde y brillante en el diminuto bastoncillo acolchado. Lo levanté.

—Este color va muy bien con tus ojos —le dije—. Vas a parecer una estrella de cine.

Madison dio un paso hacia mí. Observó el bastoncillo mientras se lo acercaba a la cara.

—Cierra los ojos —le dije.

Lo hizo.

Le unté un poco de polvo en cada párpado.

—Pero no te pongas demasiado —le dije— o parecerás Shrek.

Madison soltó una risita.

Añadí una pizca de rímel después de la sombra de ojos. Luego un toque de pintalabios rosa pálido.

—Eres muy guapa —le dije—. Dentro de unos años, todos los chicos de tu clase se estarán locos por ti.

Madison hizo una mueca.

—Los chicos son un asco —dijo.

Le sonreí y luego hice que se girara para verse en el espejo.

No dijo nada, pero una sonrisita se dibujó en su boca.

—Oye, deja que te grabe un vídeo. —Saqué mi teléfono—. Posa.

Madison repasó su repertorio de caras de actuación: feliz, triste, cruzada, asustada... Y su movimiento maestro: ¡locamente enamorada!

Las dos nos reímos. Sentí una oleada de amor por ella mientras se alisaba la larga melena y salía corriendo del cuarto de baño. Pobre chiquilla, ¿qué vida le esperaba, con unos padres que estaban mal de la cabeza y una hermana como Shelby?

Me sonó el móvil mientras guardaba el maquillaje en el bolsito que había comprado el día anterior.

Lo saqué del bolsillo, pensando que probablemente era Jam, escribiéndome antes de irse a la cama.

Abrí el mensaje y lo que vi me pilló por sorpresa. Una línea. Cuatro palabras.

NO DIGAS NADA, ZORRA.

Se me cortó la respiración.

¡Shelby! Tenía que ser ella. Pensé en ir a su habitación y abofetear su odiosa cara.

Mi corazón latía de miedo, de ira.

Entonces, decidí que no merecía la pena.

Borré el mensaje y volví a meterme el teléfono en el bolsillo. A excepción de un leve temblor de mano, cualquiera que me viera ni pensaría que me había molestado.

31. El sermón

Dejé de hablar con Shelby por completo y encontré aún más excusas para evitar estar cerca de Annie. Cuando no estaba telefoneando a Jam, o al abogado de papá y mamá, pasaba la mayor parte del tiempo en Josephine May con Sam y Madison.

Un día, Sam me llevó a conocer a sus padres. Solo él y yo. Estaba muerta de miedo antes de llegar. Algunos de los amigos de Sam y Annie habían estado entrando y saliendo de la casa; todos me dedicaban sonrisas cautelosas, como si yo fuera una especie de bomba que pudiera estallarles en la cara. Me daba igual. Pero los padres de Sam eran mis abuelos, ¡mi familia!

Aunque no lo hubiera admitido delante de Sam ni de Annie, quería conocerlos. Quería saber cómo eran.

—Annie cree que no deberíamos presionarte —dijo Sam—. Pero tu abuela y tu abuelo están desesperados por verte.

Vivían en un gran apartamento frente al mar, cerca del puerto deportivo. Era de una sola planta, porque el padre de Sam iba en silla de ruedas. Al parecer, había sufrido un derrame cerebral hacía dos años. Cuando oí aquello, me puse aún más nerviosa. ¿Y si no se me daba bien tratar con alguien con un problema así?

Al final, todo salió bien. Abrió la puerta en su silla de ruedas y me incliné para besarle la mejilla.

—Hay que ver lo guapa que has salido. —Le brillaron los ojos—. Soy tu abuelo.

Sonreí. Se parecía a Sam, solo que con canas y arrugas. No parecía enfermo en absoluto, excepto porque su ojo derecho y el lado derecho de su boca quedaban un poco caídos.

El padre de Sam hizo retroceder su silla y se deslizó rápidamente a través del gran pasillo de parqué. Irrumpió por la puerta del fondo.

—¡Gloria! —gritó—. ¡Ya han llegado!

—Se piensa que está conduciendo un coche de carreras. —Sam sacudió la cabeza y echó a andar tras su padre.

Yo lo seguí más despacio, con timidez repentina de conocer a su madre. Ella salió por la puerta justo cuando Sam la alcanzaba y lo abrazó.

—¡Sammy! —exclamó—. Gracias por traerla.

Me miró por encima del hombro de Sam. Era alta, con la misma nariz que Sam y Madi, y llevaba una elegante chaqueta de punto verde pálido conjuntada con la blusa.

Me quedé plantada en el gran vestíbulo mientras ella se desenredaba de Sam. Sus tacones repiquetearon contra el suelo de madera cuando se acercó. Me miró fijamente durante unos segundos. Los recuerdos me sacudieron igual que cuando había mirado a Bebé Conejo. Sus ojos eran marrón oscuro, profundos e inteligentes.

—Te acuerdas de mí, ¿verdad? —dijo.

Se acercó y me abrazó. Fue tan rápido que ni siquiera tuve tiempo de tensarme. Y entonces aspiré. Una profunda bocanada de un aroma floral. Y de repente volví a ser una niña pequeña. Era abrumador. Como mi recuerdo de la mujer de la playa.

Aquel aroma significaba ser amada.

Se me aceleró el corazón y me brotaron lágrimas de los ojos. La madre de Sam me abrazó con más fuerza.

—Tranquila, tranquila —susurró, frotándome la espalda—. No me sorprende que me recuerdes. Cuidé mucho de ti cuando eras pequeña.

Para mi vergüenza, ahora las lágrimas me caían por la cara. La madre de Sam me apartó y sonrió.

—Ya está, ya está —me animó—. No hay que avergonzarse por llorar. Déjalo salir. —Me acarició el pelo—. Supongo que te parecerá un poco raro llamarme *abuela* de buenas a primeras, así que ¿por qué no me llamas Gloria?

Resoplé y asentí, secándome las lágrimas. Era raro. Aunque no había querido llorar así, no me había importado en absoluto que me abrazara. Me había parecido natural, como cuando lo hizo Madison.

¿Por qué no me sentí igual con Annie?

Gloria me guiñó un ojo con complicidad y luego se volvió hacia Sam, que nos miraba boquiabierto.

—Cierra la boca o te entrarán moscas, Sammy —sonrió—. Lauren y yo siempre tuvimos una conexión especial. Ya le dije a Annie que no iba a pasar nada.

Me asió del brazo y me llevó al salón, un enorme espacio abierto con grandes ventanas de cristal a un lado de la habitación. El padre de Sam había aparcado su silla de ruedas junto a una mesa de centro larga y baja. Me sonrió.

Gloria mandó a Sam a preparar café. Luego me hizo sentarme con ella en el sofá.

—Bueno —dijo—. Que seamos familia no significa que sepamos nada la una de la otra. Así que quiero que me hables de ti. Empecemos por las cosas importantes: ¿tenías novio en Inglaterra?

Me ruboricé.

El padre de Sam se rio desde su silla de ruedas.

—Eso significa que sí —dijo.

—Bueno, sigue —dijo Gloria—. ¿Es un chico de ensueño? Así los llamábamos en mis tiempos.

Mi rubor se intensificó. No podía creer que estas personas fueran mis abuelos. Hablaban de chicos como si fuera lo más natural del mundo. Sin embargo, debían de ser ancianos. Sesenta, por lo menos.

Gloria soltó una carcajada.

—Así que un novio de ensueño. Supongo que lo echas de menos, ¿no?

Miré el mar a través de la larga ventana. Asentí con la cabeza. Gloria me dio una amistosa palmadita en la mano.

—¿Y tu madre y tu padre ingleses?

Tragué saliva, asintiendo de nuevo.

—Háblame de ellos —dijo.

La miré. Sus ojos eran brillantes e inquisitivos. Amables, pero no angustiados como los de Annie. Como si le apeteciera mucho conocerme, pero confiara en que todo llegaría a su debido tiempo.

Me cayó bien.

Le hablé de mamá y papá. Ella escuchaba, sin apartar los ojos de mí, solo asintiendo de vez en cuando. Hablé y hablé. Le expliqué lo mucho que solía enfadarme por todo lo que hacían, pero cuánto los echaba de menos ahora.

Le conté cosas de las que no les había dicho ni una palabra a Annie y Sam. Cómo el caso contra mamá y papá se estaba complicando cada vez más. Cómo el señor Sánchez me había dicho que Taylor Tarsen había llegado a un acuerdo con el fiscal, lo que significaba que obtendría una sentencia más leve en el juicio por dar información sobre las otras personas implicadas en el secuestro.

—Y ahora dice que mamá y papá sabían que Sonia me había robado. —Las palabras se me escaparon—. Dice que le ofrecieron dinero para que les organizara todos los falsos controles y el papeleo de la adopción. Pero es mentira y estoy tan preocupada...

Alcancé a ver a Sam dirigiéndose hacia nosotros por el pasillo, con una bandeja de tazas de café en las manos. Bajé la mirada.

Gloria frunció los labios, pero no dijo nada. Me apretó la mano y cambió de tema con total naturalidad al barco de Sam. Nos bebimos el café y nos levantamos para irnos. Sam me había advertido de que, por muy buen aspecto que mostrara su padre, se agotaba con facilidad y necesitaba descansar. Mientras me despedía de él, noté que Gloria susurraba con urgencia al oído de Sam.

De camino a casa, quise preguntarle si le había dicho algo sobre mí. Pero Sam estaba inusualmente distante, absorto en sus propios pensamientos. Al principio me pregunté si había hecho algo para molestarlo. Sin embargo, una vez que llegamos a casa, su humor mejoró. Y al final del día lo había olvidado por completo.

El día siguiente era sábado. Era mediados de noviembre, llevaba dos semanas y media en casa de los Purditt. Me sentía algo mejor y tenía muchas ganas de hablar con Jam sobre la reunión con mis abuelos. Estaría bien contarle algo positivo por una vez. Desde el mensaje de Shelby, nos habíamos estado llamando varias veces al día y había

CHICA DESAPARECIDA

empezado a preocuparme por si se cansaba de que le hablara sin parar de lo desgraciada que me sentía en casa de los Purditt.

Aunque, que conste, no es que se quejara; siempre era encantador.

—Aguanta —me animaba—. Nos veremos pronto.

Yo no tenía ni idea de cómo podía ser eso cierto, pero me encantaba la determinación con la que siempre lo decía.

Ese sábado en concreto, esperaba que me llamara en cualquier momento. Normalmente enviaba mensajes a primera hora de la tarde, hora del Reino Unido, cuando sabía que yo acababa de despertarme. Era un día precioso: el sol brillaba feroz en un cielo azul, el aire era fresco. Sam, Madison y yo habíamos bajado al puerto deportivo, mi lugar favorito de Evanport. Sam estaba deseando llevarnos a las dos a navegar una última vez antes de que el tiempo se volviera demasiado gélido.

Se había detenido en una tienda para comprar algunas cosas mientras Madison y yo bajábamos al barco.

Mientras Madison se adelantaba, una enorme sombra se cruzó en mi camino.

—Lauren —dijo una voz profunda y ronca.

Levanté la vista.

—¡Glane!

Estaba de pie frente a mí, con los brazos cruzados. Parecía enormemente satisfecho consigo mismo.

Supongo que suena a locura, ya que en realidad apenas lo conocía, pero estaba tan necesitada de amistad que no podía dejar de sonreírle. Me arrojé a sus brazos.

Me abrazó y luego me agarró por los hombros.

—Se me ha ocurrido venir a ver cómo estabas —sonrió—. ¿Qué tal?

Me temblaba el labio. Madison nos miraba. Le hice señas para que se acercara.

—Madi, dile a papá que he ido a tomar algo, ¿vale?

Ella asintió y salió corriendo.

—¿Tu hermana? —sonrió Glane.

Asentí y caminamos hacia la pequeña cafetería del embarcadero. Glane caminaba a mi lado, sus piernas daban una zancada por cada dos mías.

—¿Qué te pasa? —preguntó.

Podía sentir las lágrimas burbujeando detrás de mis ojos.

—Todo —estallé—. Tengo que vivir aquí con una familia que no conozco. Shelby es un monstruo. Jam está a miles de kilómetros. O sea, Sam está bien y sus padres son majos, pero Annie es horrible. Y ella y Sam ni siquiera me dejan ver a mamá y papá...

Mis palabras se disolvieron en sollozos justo cuando llegamos a la pequeña caseta del embarcadero. Apenas había nadie más. Solo un par de vecinos elegantemente vestidos en una mesita a unos metros de nosotros.

Escogí una mesa lo más alejada posible de ellos y esperé a Glane. Mientras él compraba un café solo para él

CHICA DESAPARECIDA

y una cola *light* para mí, recordé todo lo que había dicho sobre lo duro que era para Jam estar sin su padre. Cuando Glane dejó nuestras bebidas, levanté la vista hacia él, segura de que vería compasión en sus ojos.

Pero Glane fruncía el ceño.

—No te entiendo —expuso—. Has descubierto que eras una niña desaparecida. Es lo que querías, ¿no?

—Sí —contesté; las lágrimas brotaron de nuevo—. Pero es horrible. No quería que me alejaran de mi familia.

—¿Qué pensabas que iba a pasar?

Dudé. La verdad era que, durante todo el tiempo que pasé tratando de averiguar si era Martha, no había pensado tanto en el futuro.

—Solo quería saber la verdad.

Glane sopló su café y dio un trago del vaso de poliestireno.

—Bueno, pues ya la sabes.

Me incliné hacia delante, intentando hacerme entender.

—Pero mamá y papá podrían ir a la cárcel.

Glane asintió.

—Es terrible, por supuesto, que se les acuse de ese espantoso crimen. Pero los conocí y me parecieron gente decente. Estoy seguro de que los absolverán, es cuestión de tiempo.

Podía sentir mi humor empeorando.

—Y, mientras tanto, ¿qué pasa conmigo? Tengo que vivir aquí con...

—Con tu familia —interrumpió Glane—. La familia que estabas buscando, la que se ha pasado once años sin ti. ¿Cómo crees que ha sido para ellos?

Lo fulminé con la mirada. ¿Por qué no lo entendía?

—Pero no me conocen. Ni yo a ellos. Si hasta creen que mis padres son culpables de haberme robado cuando era un bebé. Esperan que encaje, pero no lo hago. Este no es mi sitio. Quiero irme a casa.

Glane engulló el resto de su café. Se quedó mirando mi refresco, que seguía intacto en el centro de la mesa. Pasó su enorme dedo índice por la condensación del lateral de la lata.

—No ves lo que tienes delante, Lauren.

—¿Qué significa eso? —espeté—. Lo veo perfectamente. Querían a su niña de vuelta y me tienen a mí.

La gente de la otra mesa me miraba fijamente. También el señor de la cafetería. Por el rabillo del ojo, pude ver a Madison y a Sam subiendo a toda prisa por el embarcadero hacia nosotros.

—Lauren. —La mano de Glane estaba cálida y áspera sobre la mía—. Sé que es duro. No digo que sea fácil estar así, sin tus padres y sin tu novio. Pero también es duro para la familia a la que has llegado. Shelby es tu otra hermana, ¿no?

Asentí secamente.

—Para ella también debe de ser difícil: una hermana mayor y más guapa que llega justo cuando ella está a medio crecer.

CHICA DESAPARECIDA

—Créeme, es lo peor...

—Tienes una oportunidad. De formar parte de otra familia. Eso es una bendición poco común.

Lo miré fijamente, sin atreverme a hablar.

—Tienes cuatro padres que te quieren —dijo Glane—. Tal vez sea posible pertenecer a dos lugares.

—¿¡Estás bien, Lauren!? —gritó Sam. Caminaba hacia nuestra mesa, con una mirada ansiosa en el rostro.

Madison trotó hacia mí. Se acurrucó contra mi brazo, mirando a Glane con sus grandes ojos. Él le sonrió.

—Me he encontrado con Glane —le dije—. Podemos irnos.

Y, sin volver a mirar a Glane, me levanté y me alejé.

32. El visitante

Normalmente, me encantaba navegar. Plantada en la proa con Madison, con el viento salado acariciando mi rostro. Pero todo se había echado a perder. Las palabras de Glane me habían sentado como una puñalada. ¿Cómo se atrevía a sugerir que estaba siendo egoísta? Mi situación era imposible, ¿no se daba cuenta?

Para acabar de empeorarlo todo, Jam no me llamó. No tenía cobertura en alta mar, pero, una vez que volvimos a casa, intenté localizarlo varias veces. Me saltaba el buzón de voz y no respondió a ninguno de mis mensajes.

A media tarde, estaba muy molesta. Después de lo que había pasado con Glane, necesitaba más que nunca hablar con Jam. ¿Por qué tenía el móvil apagado?

Pero, a medida que avanzaba la tarde, me sentía cada vez más desgraciada. Tal vez se había cambiado de móvil. Pero, entonces, ¿por qué no me había pasado su nuevo número?

CHICA DESAPARECIDA

¿Y si había encontrado otra novia?

Mi corazón se retorcía de celos.

Shelby tampoco fue de ayuda, mirándome fijamente toda la noche. Recibí otro de sus mensajes:

> NO HABLES O MORIRÁS, ZORRA.

En otro momento, aquello me habría molestado mucho. Pero, francamente, después del *shock* inicial, no sentí más que desprecio por ella. Sin embargo, quería llamar por teléfono a Glane y contárselo.

¿Ves cómo es?

Pero era demasiado orgullosa para hacerlo. En lugar de eso, le envié un mensaje a Shelby. Era un texto bastante corto, apenas tres palabras. Las dos primeras eran «QUE TE».

Aquello no me hizo sentir mejor. No podía dormir. La preocupación por mamá y papá se mezclaba con la frustración por Glane y la desdicha por Jam.

Tras dos horas dando vueltas en la cama, decidí prepararme una taza de chocolate caliente. Sabía perfectamente cómo lo hacía Annie. Dos cucharadas colmadas de delicioso chocolate en polvo mezclado con un poco de agua, vertido en una taza llena de leche caliente y espumosa.

Bajé a la cocina a toda prisa. Acababa de batir la leche con una pequeña batidora eléctrica de mano cuando oí un ruido fuera de la puerta trasera. Se me heló la sangre.

La cocina era una estancia cuadrada con ventanas a ambos lados y amplias puertas correderas que daban al patio trasero. Miré hacia el lugar del que creía que procedía el ruido. No pude distinguir nada, salvo la silueta de los árboles agitándose contra el cielo nocturno.

Estiré la mano hacia atrás y apagué el interruptor de la luz. Mientras la habitación se sumía en la oscuridad, una figura baja y encorvada se coló por la puerta trasera. Me dio un vuelco el corazón. Parecía demasiado baja para ser humana, pero demasiado voluminosa para ser un gato o un zorro. Quizá fuera un oso, un oso pequeño. ¿Podían los osos adentrarse tanto en una ciudad? No tenía ni idea.

La figura se puso de pie. Era humana. Encapuchada. Contuve el aliento, demasiado conmocionada incluso para gritar. Y entonces, justo cuando abrí la boca para gritar, la figura se echó la capucha hacia atrás.

Y me sonrió. Era Jam. La taza de leche espumosa estuvo a punto de escurrírseme entre los dedos. La dejé en el suelo y corrí hacia la puerta. Me hacía señas para que agarrase las llaves y le abriera.

Miré alrededor. Mamá siempre guardaba las llaves de casa colgadas de ganchos etiquetados dentro de uno de los armarios de la cocina. No esperaba que Annie fuera tan organizada.

Abrí cajón tras cajón, intentando no hacer ruido, rebuscando desesperadamente entre las listas, facturas y catálogos de los que, al parecer, Annie no soportaba deshacerse.

CHICA DESAPARECIDA

Nada. Miré por toda la habitación. ¿Dónde estarían?

Allí. Tiradas en el borde de un estante cerca de la puerta.

Me temblaban las manos mientras encajaba la llave en la cerradura de la puerta. Jam se apartó, observándome. Mi pelo estaba hecho un desastre y no llevaba maquillaje. Ahora que lo pensaba, ¿me había lavado los dientes antes de meterme en la cama?

Al fin abrí la puerta de un tirón. Una ráfaga de aire cortante y frío me invadió. Y allí estaba él, tirando de mí; sus frías manos acariciaban mi cara y su cálida boca humedecía mis labios.

Todo lo demás se desvaneció. ¡Estaba aquí! Estaba conmigo. Era mío.

—¿Qué haces aquí? —susurré.

Entró y cerró la puerta en silencio.

—No podía soportarlo —dijo—. Lo mal que lo estás pasando y yo tan lejos. Tenía que volver. Para estar juntos.

Parpadeé de sorpresa. *Pero... pero...*

Mi cabeza estaba inundada de preguntas.

—¿Cómo has llegado hasta aquí? —tartamudeé.

—Hace dos días, mamá me canceló el teléfono. Dijo que las facturas eran demasiado caras. Fue la gota que colmó el vaso. —Jam se encogió de hombros—. Compré los billetes de avión usando su tarjeta. Luego le agarré algo de dinero del bolso, después de que atendiera a algunos clientes que siempre le pagan en efectivo. Aunque la mayor parte la había ahorrado yo. El autobús desde

Boston era muy barato. —Su cara se sonrojó—. Sé que estuvo mal, pero se lo devolveré cuando pueda.

—¿Por qué no me has llamado? —Lo rodeé con mis brazos. Me invadía la más dulce de las sensaciones. Todo aquello lo había hecho para estar conmigo.

Jam sonrió con su mirada más tierna. Mi corazón dio un vuelco.

—Pensé en darte una sorpresa —dijo. Luego su sonrisa se desvaneció—. Es lo que quieres, ¿no?

Me quedé mirándolo fijamente.

—¿*El qué* es lo que quiero?

Unos pasos crujieron en el rellano de arriba. Me apresuré hacia la puerta de la cocina y me asomé a la escalera, haciendo señas a Jam para que guardara silencio.

Escuchamos atentamente durante unos instantes. Después, se oyó la cisterna de un inodoro y unos pasos volvieron a cruzar el rellano.

Jam se acercó sigilosamente a mí.

—Si nos vamos ahora —susurró—, estaremos a kilómetros de distancia antes de que alguien se dé cuenta.

Parpadeé mirándolo. Un vórtice de miedo y excitación se arremolinó en mi cabeza.

—Jam —dije nerviosa—. Dime exactamente qué quieres que hagamos.

Jam frunció el ceño.

—Huir juntos, por supuesto. Fugarnos.

33. En el puerto

—¿Pero adónde vamos a ir? —dije.
—Lo tengo todo pensado. —Jam se pasó los dedos por el pelo—. Vamos hacia la costa oeste. Estados Unidos es enorme. ¡Desapareceremos! Encontraremos trabajo. Alquilaremos un apartamento.
—Pero somos demasiado jóvenes —tartamudeé—. Y no tenemos dinero.

Jam desechó mis objeciones con un movimiento de mano que me recordó poderosamente a Carla.

—No seríamos los primeros que lo hacen. Podemos conseguirlo, Lauren. Si nos tenemos el uno al otro, podemos.

Me di la vuelta y empecé a cerrar la puerta de nuevo.

Jam se acercó por detrás y me rodeó la cintura con los brazos.

—Odias estar aquí. Y en casa no queda nada para mí. O sea, mi padre no está... —Su voz se quebró—. Y... y a mamá le doy igual. Le importan más sus malditas velas de llama espiritual. —Tiró de mí para que lo mirara—. Si nos vamos esta noche, podemos estar muy lejos antes de que alguien se dé cuenta.

Se me revolvió el estómago. Quería irme con él. Pero era demasiado pronto.

—Esta noche no —dije.

—¿Por qué no? —Noté la sorpresa y la desconfianza en la voz de Jam—. ¿No quieres salir de aquí?

—Claro que quiero, pero... pero será mejor si tenemos más dinero. Mañana me toca la paga. Quizá pueda pedir un extra para algo. Como un adelanto.

Jam apartó la mirada. Sus ojos se posaron en el cartón de leche que había dejado junto a la nevera.

—¿Y yo?

—Sube a mi habitación —le dije—. Puedes esconderte allí. Come algo. Descansa.

Asintió.

Agarré el cartón de leche y una barra de pan de la cocina; luego llevé a Jam escaleras arriba.

Contuve la respiración cuando pasamos por delante de la habitación de Shelby, luego por la de Annie y Sam. Pero parecía que todos estaban profundamente dormidos.

Nos deslizamos al interior de mi habitación y cerramos la puerta. Jam miró a su alrededor mientras se quitaba la chaqueta.

CHICA DESAPARECIDA

—Es un poco infantil, ¿no? —susurró, ahogando un bostezo.

—Es la de cuando era pequeña, ¿recuerdas?

Asintió; luego arrancó un trozo de la barra de pan que le había traído y se lo metió entero en la boca.

Me acerqué al armario y saqué una manta de repuesto del estante de arriba.

—Será mejor que duermas aquí. Por si viene alguien por la mañana.

Jam se tragó el bocado.

—No estoy cansado —sonrió—. Oye, ¿y si necesito hacer pis?

Miré a mi alrededor. Levanté un jarrón de flores frescas que Annie había puesto junto a los libros de cartón en la estantería. Saqué las flores y se lo di.

—Usa esto.

Levantó los ojos, tomó el jarrón y desapareció en el armario.

—Volveré en un segundo.

Me paseé arriba y abajo por la habitación, con la cabeza dándome vueltas.

Quería estar con Jam. Nunca había querido algo tanto en mi vida. Solo que... me parecía mal dejar a mamá y papá ahora mismo, mientras debían de estar tan preocupados y asustados por su caso en el juzgado. Y por muy molesta que estuviera con Annie, ¿era justo hacerla pasar por aquello otra vez? Y luego estaba Sam. Y sus padres. Y, sobre todo, Madison.

Al cabo de un rato, se me ocurrió que Jam no había vuelto a salir del armario. Me acerqué.

—¿Jam? —susurré—. ¿Jam?

Silencio. Me asomé por la puerta. Jam estaba durmiendo sentado, desplomado de lado sobre uno de los cojines, con la mano aún agarrando un trozo de pan.

Me agaché a su lado y le aparté un mechón de pelo de la frente. Mientras lo tumbaba suavemente en el suelo, la consola se le cayó del bolsillo del pantalón. La sostuve y le di la vuelta. Aún tenía seis muescas en la parte trasera.

¿Cómo podía su padre no querer verlo?

Por un segundo, me impactó lo dolido que debía sentirse Jam. Aquello me entristecía y me enfurecía.

Volví a acariciarle la cara. Luego le puse un jersey doblado bajo la cabeza, lo tapé con una manta y me metí en la cama.

Madison venía a menudo a verme por las mañanas. A veces me traía zumo de naranja en una taza; otras veces, un libro para enseñarme; otras, un pequeño brazalete o pendiente que había hecho con uno de sus juegos de manualidades.

Hoy traía un dibujo que había hecho. Podía sentirlo crujiendo contra mi mano mientras me sacudía para despertarme.

—Lauren, Lauren —susurró—. Despierta.

Abrí los ojos.

CHICA DESAPARECIDA

Su cara estaba a centímetros de la mía, sus ojos como enormes botones.

—Lauren, hay un chico en tu armario.

Me levanté de golpe y miré fijamente hacia el armario. La puerta estaba abierta. Los pies de Jam asomaban por debajo de la manta.

—No te iba a quitar nada, solo miraba tus cosas —dijo Madison, con vergüenza—. Creo que está dormido. ¿Llamamos a mamá y a papá?

—No —susurré—. No pasa nada. Jam es amigo mío. Llegó anoche. Yo... no quería despertar a todo el mundo.

—¿Es tu novio?

Bajé la mirada hacia el dibujo que Madison me había traído. Un dibujo a lápiz de colores de ella y yo, la una junto a la otra, en la proa del Josephine May.

—Más o menos —dije—. Pero vive en Inglaterra. —Levanté la vista hacia ella—. Estábamos pensando en irnos. Así que es importante que no le digas a nadie que está aquí.

—No te irás mucho tiempo, ¿verdad? —A Madison le tembló el labio—. Justo después de Acción de Gracias será mi cumpleaños y mamá quiere dar una gran fiesta, pero yo solo quiero ir al cine contigo. —Se inclinó más hacia mí y me susurró al oído—. Puedes elegir lo que vemos, si quieres.

Percibí un tufillo de su dulce aliento a mermelada de fresa. Un amor feroz y protector me sacudió el corazón. Durante un breve segundo de emoción, nos imaginé a

Jam y a mí llevándonos a Madison con nosotros. La imagen se desmoronó al comprender que era imposible.

Lo que me dejó con un solo pensamiento.

Jamás podría dejarla.

—Está bien —le susurré a Madison—. Solo vamos a bajar al puerto deportivo. Puedes venir con nosotros.

—¿Qué? —No me había dado cuenta de que Jam había salido del armario. Estaba plantado a los pies de mi cama. Madison se acercó más a mí mientras Jam, irritado, se echaba hacia atrás el pelo revuelto—. ¿De qué estás hablando?

—Jam, esta es Madi —le dije—. Mi hermana.

Jam le dedicó una enorme y bonita sonrisa. Mi corazón dio un vuelco. Por un segundo, vacilé. ¿Estaba loca por pensar siquiera en rechazar la oportunidad de huir con él para siempre?

—No podemos hablar aquí. —Señalé el reloj: las nueve de la mañana—. No habrá mucha gente en el puerto deportivo, aún hace demasiado frío a estas horas. Es un buen lugar para pensar con claridad.

Los ojos de Jam se clavaron en mi cara, pero no dijo nada. Asintió con la cabeza.

—Vale.

Fue fácil salir a hurtadillas de la casa. Madison montaba guardia al pie de la escalera mientras yo conducía a Jam a través del salón y salía por la puerta principal. Podía oír a Annie en la cocina mientras pasábamos:

—¿Se ha llevado una barra entera de pan? ¿Será que no hice suficiente cena?

El puerto estaba cubierto de escarcha. Crujía bajo nuestros pies como un gigantesco paquete de patatas fritas. Jam y yo caminábamos en silencio.

Cuando llegamos al café, Madison se alejó sola por el muelle. Observé su larga melena negra meciéndose tras ella. Apenas había nadie. Un señor elegante paseaba a un adorable terrier. Y a lo lejos se divisaba a una pareja, ambos cubiertos con gorros y bufandas. Había algo vagamente familiar en la forma de andar de la mujer, pero estaba demasiado preocupada como para dedicarle un segundo pensamiento.

El café estaba cerrado, pero las mesas y sillas de hierro, clavadas en el suelo, seguían en su sitio. Jam y yo nos sentamos en la misma mesa en la que Glane y yo habíamos estado justo el día anterior.

—¿Qué está pasando, Lauren? —Jam me miró fijamente, con los ojos duros—. Te acompañé cuando me lo pediste. ¿Por qué no quieres venir ahora conmigo?

—Sí que quiero —dije—. Quiero estar contigo. Es lo que más quiero en el mundo. Es solo que…

Me sonó el móvil. Lo ignoré.

—¿Entonces qué?

—No es tan sencillo —dije—. Mamá y papá podrían ir a la cárcel por algo que no han hecho. Tengo que quedarme cerca.

—¿Por qué? —Jam frunció el ceño—. En Londres, nunca dejabas de quejarte de ellos. Te volvían loca.

—Lo sé, pero ahora es distinto. —¿Cómo podía explicarlo? *No sabía lo que sería que me alejaran de ellos*—. No es solo eso. También están Annie y Sam. Me perdieron durante once años. No puedo abandonarlos.

—Pero no dejabas de decir lo desgraciada que te sentías aquí. —Jam se dio la vuelta. El sol iluminó un mechón de pelo sobre su frente. Era tan guapo. Y quería estar conmigo.

¿Qué estaba haciendo?

Se me hizo un nudo en el estómago.

—Déjame pensarlo. —Alargué la mano y sostuve la suya. Estaba fría—. Puede que Annie y Sam te dejen quedarte aquí. Una vez que sepan lo que sentimos el uno por el otro.

Jam apartó la mano.

—Madura, Lauren. No querrán que estorbe en su familia feliz. —Se levantó, justo cuando mi teléfono empezó a pitar de nuevo.

Lo miré.

—¿Quién es? ¿Tu nuevo novio? —soltó Jam.

No contesté. Apenas me di cuenta cuando se dio la vuelta y se alejó.

Tenía los ojos clavados en el mensaje de mi móvil:

BARCO. AHORA. O TU HERMANA MUERE.

34. Buscando a Madison

¿Era Shelby? ¿Era esta su idea de una broma de mal gusto?

Eché un vistazo al puerto deportivo. Por lo que podía ver, estaba completamente desierto. Entonces, ¿dónde estaba Madison?

Jam seguía alejándose. Casi había llegado al punto donde terminaba el puerto deportivo y empezaba la hilera de tiendas. Unos cuantos compradores matutinos paseaban por la acera.

—¡Jam! —grité. Uno de los paseantes me miró. Pero Jam no se volvió—. ¡Jam, por favor!

Me detuve un segundo, desgarrada.

Jam estaba desapareciendo detrás de la primera tienda, Aparejos de Navegación.

—¡JAM! —grité—. ¡POR FAVOR!

Se me encogió el corazón. No podía correr tras él. ¡Tenía que encontrar a Madison!

Me di la vuelta y corrí por el embarcadero hacia el barco. Estaba segura de que era Shelby la que me había enviado el mensaje. *Maldito monstruo.*

Murmuré en voz baja mientras corría, jurando que, cuando llegara a casa, me metería en su estúpido armario y pisotearía toda su estúpida ropa.

Me detuve derrapando junto al barco. Estaba inquietantemente silencioso.

—¿¡Madi!? —grité—. ¿¡Estás aquí!?

Silencio.

Subí a bordo. Obviamente no había nadie en la popa. *Mierda.* Llevaba puestas mis botas marrones de tacón de aguja. Sam me iba a matar por pisar la cubierta con ellas. Por fuera, pasé de largo el salón caminando de puntillas, rumbo a la proa. No podía ver nada a través de las ventanas. Me dio un vuelco el corazón. ¿Solía dejar Sam las cortinas cerradas así?

No había nadie en la proa.

Volví sigilosamente a la popa y me acerqué a la puerta del salón. La madera estaba astillada donde Sam solía poner el candado. Alguien había forzado la puerta. ¿Habría sido Shelby?

Dudé. Quizá debería huir. Pedir ayuda. Pero entonces me imaginé la mueca de desprecio en la cara triunfante de Shelby cuando resultara que todo había sido una broma.

Apretando los dientes, abrí la puerta y miré hacia abajo por los escalones que tenía delante. Inmediatamente

CHICA DESAPARECIDA

debajo, estaba el lugar donde se guardaban todos los mapas y el equipo de navegación. A la izquierda, la pequeña cocina, con su hornillo, su mininevera y sus armarios. Más allá de la cocina, el salón: el principal espacio habitable del barco, con alfombras, un sofá y un televisor.

No veía nada en los rincones más oscuros. Procurando no dar la espalda a la oscuridad, bajé los escalones de frente.

—¿Shelby? ¿Madi?

La voz me salió en un susurro entrecortado. No había más sonido que el del agua chapoteando suavemente contra el casco y el chirriante balanceo del propio barco.

Tenía la boca seca. Crucé la cocina y alcancé el interruptor de la luz. Lo pulsé, pero no había electricidad.

El corazón me latía con tanta fuerza que hasta lo oía.

—Si esta es tu idea de una broma, Shelby, te mataré.

Di un paso hacia la sala de estar. Al menos podía abrir las cortinas. Eso dejaría entrar algo de luz.

De repente, oí un ruido de roces en la esquina. Me di la vuelta. ¿Era la punta de un zapato? Miré fijamente a la oscuridad.

Una forma surgió de entre las sombras. ¡Era un hombre!, con un rostro constreñido con determinación.

Abrí la boca para gritar, pero su mano, con un guante de cuero, me tapó la boca y la nariz. Me dio un tirón, retorciéndome el brazo en la espalda.

—Silencio —ordenó.

Me empujó a través de la cocina, más allá de los escalones de la puerta del salón y hacia popa, donde estaban los dormitorios principales. Forcejeé, pero me agarró con más fuerza, doblándome el brazo hacia arriba. Me dolía. Lancé un grito ahogado.

Llegamos a la parte trasera del barco. El hombre abrió de una patada la puerta de la mayor de las dos habitaciones.

Me empujó. Tropecé hacia delante. Miré hacia arriba.

Allí, desplomada en la cama, con la boca cubierta con cinta adhesiva, estaba Madison.

¡A su lado estaba sentada Sonia Holtwood!

35. Conexiones con un crimen

Los labios de Sonia se curvaron en una sonrisa fría y burlona. Había vuelto a cambiar de aspecto: unos enormes rizos rojos caían pesadamente alrededor de su cara, que de algún modo parecía más larga y delgada que antes.

—Hola, Lauren —dijo.

Miré a Madison. Luchaba por incorporarse, pero Sonia Holtwood volvía a empujarla contra la cama una y otra vez.

Sentí una furia crecer en mi interior, sofocando el miedo por completo. Intenté ir hacia Madi, pero el hombre que me sujetaba el brazo volvió a retorcérmelo por la espalda. Lancé el pie hacia atrás y le clavé el tacón puntiagudo entre las piernas.

—¡AAAGH! —rugió.

Aflojó el agarre lo suficiente para que me soltara. Corrí hacia Madison y la puse en pie de un tirón. Luego me giré, erguida, buscando una forma de salir de la habitación.

Fue en ese momento cuando me di cuenta de lo desesperada que era la situación. Estábamos en el dormitorio principal, en la parte más profunda del barco. Tenía apenas unos metros cuadrados, con el espacio justo para una cama doble, un armario y un lavabo. Un pequeño ojo de buey en lo alto de la pared, a la izquierda de la cama, daba a aguas abiertas. Encima de la cama había una escotilla, cerrada con candado desde el exterior. La única otra salida de la habitación era la puerta, ante la que estaba el hombre, que seguía inclinado, sin duda retorciéndose de dolor por el puntapié de mi tacón de aguja.

La punzada de satisfacción que sentí se desvaneció cuando se enderezó, con una expresión de absoluta ira en el rostro, y empezó a caminar hacia mí, alzando el puño.

Empujé a Madison detrás de mí mientras él preparaba el golpe tirando el brazo hacia atrás.

Me estremecí y cerré los ojos, esperando el puñetazo.

No lo hubo.

Alcé la vista. Sonia Holtwood estaba de pie frente a mí, con las manos en las caderas.

—Ya te lo he dicho, Frank: tenemos que hacer que parezca un accidente. Sin marcas de cuerda. Sin magulladuras.

El barco crujió y se agitó. Las fosas nasales de Frank se dilataron de rabia y, luego, bajó el brazo.

—Vale. —Frunció el ceño—. Voy a arrancar el motor.

CHICA DESAPARECIDA

Salió a grandes zancadas de la habitación. Podía notar como la mano de Madison buscaba la mía. La apreté, sin apartar los ojos de Sonia Holtwood.

Sacudió la cabeza.

—Siéntate —ordenó.

—¿Qué vas a hacer con nosotras? —Hice que Madison se sentara a mi lado, en el extremo opuesto de la cama, y le quité suavemente la cinta adhesiva de la boca.

—Bueno —dijo Sonia suavemente—. Es un tema de prioridades. Es decir, mi prioridad es no ir a la cárcel.

Madison se acurrucó junto a mí. Mientras su cuerpo se apretaba contra mi costado, noté mi móvil a través del bolsillo de los vaqueros. Miré a Sonia.

—¿Qué quieres decir?

—No pueden enviarme a la cárcel si nadie puede identificarme —siguió—, y solo hay dos personas que pueden identificarme.

—¿Jam y yo? —Me moví ligeramente, de modo que Madison bloqueaba por completo la visión de Sonia de la pernera de mi pantalón. Metí los dedos en mis vaqueros y palpé el fino borde del móvil.

En el exterior, se oían los pasos de Frank y el cabo, la cuerda náutica, golpeando contra la cubierta.

—Sí —dijo Sonia—. Tú y ese chico. Verás, me buscan por secuestrarte… dos veces. Pero nada me relaciona con el primer secuestro excepto el segundo, y nada me relaciona con el segundo excepto vosotros dos.

Sujeté el móvil y empecé a sacarlo suavemente de mi bolsillo.

—Mis mensajes no parecían molestarte —continuó Sonia—. Así que supuse que el siguiente paso tenía que ser algo de intimidación a los testigos.

Me dio un vuelco el corazón. Así que, después de todo, los mensajes llamándome *zorra* no eran de Shelby, sino de Sonia.

Ya casi tenía el móvil completamente fuera de los vaqueros. Solo tenía que conseguir que siguiera hablando para que no se diera cuenta.

—¿Cómo sabías mi número de móvil?

Sonia sonrió.

—Cuando comercias con identidades, piratear los registros de las compañías telefónicas es pan comido.

El móvil se me resbaló entre los sudorosos dedos.

—¿Identidades?

Sonia asintió.

—Creo nuevas vidas para la gente. Y para mí misma. Puedo ser cualquiera. Nadie puede rastrearme.

—¿Y Taylor Tarsen? —Agarré el teléfono con más fuerza—. ¿Y todo el papeleo sobre Sonia Holtwood?

—Taylor no tiene nada contra mí —se mofó Sonia—. Claro que hemos hablado y hecho negocios. Pero solo me vio una vez, hace once años. Desde entonces, me he operado la nariz y he cambiado por completo. Dudo que pudiera reconocerme. Y hace años que no uso la

CHICA DESAPARECIDA

identidad de Sonia Holtwood. Como te decía, solo hay dos personas que puedan relacionarme con todo este asunto.

Terminé de sacarme el móvil de los vaqueros justo cuando el motor empezó a rugir.

No tenía mucho tiempo.

—Bueno, Jam no está aquí. —Le di la vuelta al móvil en mi mano y pulsé cinco veces el botón de desbloqueo para llamar a emergencias—. Aún puede identificarte.

—No me costará dar con él —resopló Sonia—. ¿Por qué se ha ido así?

Me quedé helada. ¿Nos había visto juntos? Entonces todo encajó. La pareja que había visto antes, cubierta con sombreros y abrigos, en el puerto deportivo. Eran Sonia y ese hombre, Frank.

—Por nada, no es cosa tuya —dije brevemente.

El barco había empezado a moverse con un traqueteo constante.

Sonia miró por el ojo de buey.

Eché un vistazo al móvil. ¡Maldición! No había cobertura. Necesitaba subir a cubierta, ¡ya!

Madison se puso rígida a mi lado. Tenía la mirada clavada en el móvil. Le di un codazo, intentando que apartara la mirada.

—Tengo ganas de vomitar. —Cubrí el teléfono con la mano—. Necesito aire.

Sonia se apartó de la ventanilla. Señaló el lavabo en la esquina más alejada de la habitación.

262

—Hazlo ahí.

Presionando el teléfono contra mi vientre, me acerqué al lavabo. Me agaché y eché un vistazo al móvil. Seguía sin señal.

Simulé arcadas en el lavabo.

El barco había acelerado. Podía sentir el balanceo y el oleaje, haciendo que el suelo bajo mis pies se sacudiera. El pánico me subió por la garganta. Cuanto más nos alejábamos de la costa, menos posibilidades había de tener cobertura, incluso en cubierta.

—Sigo mareada —dije—. Por favor, déjame tomar aire.

—Deja de lloriquear.

Me quedé mirando el icono de la cámara del móvil. Vale, no podía llamar a la policía, pero tal vez podía grabar a Sonia diciendo adónde nos llevaban para luego pasarle el teléfono a alguien mientras bajábamos del barco...

Era una posibilidad remota, pero no se me ocurría nada más.

Volví a inclinarme sobre la pica y puse la cámara del móvil en modo vídeo. Pulsé grabar y luego me enderecé, dejando el teléfono encima del desagüe.

—¿Adónde nos lleváis? —gemí, aún en el lavabo.

—¡Cállate! —Sonia rodeó la cama hasta el ojo de buey y lo abrió—. Ya está: cuando salgas, tendrás un poco de aire.

Por el ajetreo y el golpeteo del agua en el exterior, intuía que estábamos navegando rápido..., ¿pero hacia dónde?

CHICA DESAPARECIDA

—A mí también me duele la barriga —dijo Madison desde la cama. Se acurrucó—. De verdad.

—¡Por Dios! —Sonia abrió la puerta y gritó por el pasillo hacia el salón—: Date prisa, Frank, estas niñas me están volviendo loca.

Miré a Madison. Era difícil saber si estaba fingiendo. Se sujetaba la barriga y se mecía adelante y hacia atrás en la cama.

Quería acercarme a ella, pero no me atrevía ni a llevarme el móvil ni a dejarlo en el lavabo.

Sonia se alejó de la puerta, de nuevo hacia Madison.

—¡Basta! —gritó.

Madison se acurrucó las rodillas contra el estómago y gimió más fuerte. Siguió y siguió, perforando el aire con sus gritos.

—¡CÁLLATE! —La cara de Sonia estaba roja de ira.

De pie, de espaldas a la pica, agarré el teléfono con la mano. Quien lo encontrara —si es que alguien lo hacía— necesitaría una foto de Sonia. Como ella había dicho, nadie excepto Jam y yo —y ahora Madi— sabía qué aspecto tenía.

Mi corazón bombeaba con tanta fuerza que pensé que iba a explotar. Preparé el móvil para tomarle una foto, rezando por sostenerlo en un buen ángulo.

Sin duda, el llanto de Madison era real. Sonia la había levantado y la sujetaba por los hombros, sacudiéndola violentamente. Su boca soltaba un chorro continuo de palabrotas que se acabó cuando chilló:

—¡Basta!

Esperando tener suficiente material, volví a deslizar el teléfono en el fregadero y di un paso hacia la cama.

El llanto de Madison alcanzó un nivel histérico. Entonces, algo pareció romperse dentro de Sonia. Su rostro se endureció y se puso firme. Levantó la mano.

Todo se ralentizó, como si estuviera sucediendo a cámara lenta.

Recuerdo darme cuenta de que Sonia llevaba guantes finos de látex. Sus largas uñas rojas se transparentaban. Echó la mano hacia atrás y luego la lanzó con fuerza hacia delante, contra la mejilla de Madison.

Madison voló hasta el otro lado de la cama. Su cabeza se estrelló contra la esquina puntiaguda de la estantería contigua. Cayó al suelo con los ojos cerrados.

Silencio.

36. Accidente

Durante un segundo que duró toda una vida, me quedé mirando el cuerpo inerte de Madison. Entonces el tiempo volvió a acelerarse. Me precipité hacia la cama y le aparté el pelo de la cara.

—¿Madi? ¿Madi?

Sus párpados se agitaron, pero no se abrieron.

Podía sentir a Sonia detrás de mí, respirando agitadamente.

Me volví, con las manos extendidas y los dedos enroscados como garras, inundada de una rabia que surgía del fondo de mi ser.

Aullando, me lancé sobre ella. Ella me agarró de las muñecas y me apartó, pero yo seguí avanzando, gritando hasta quedarme ronca.

—¡Cobarde! ¡Matona! ¡Asesina!

Sonia me hacía retroceder. Era mucho más fuerte que yo, pero en ese momento estaba más furiosa que una leona.

—¡Nunca le ha hecho daño a nadie! ¡Ella no tiene nada que ver con esto!

Sonia acabó por apartarme de un empujón. Choqué contra el armario y seguí mirándola, jadeando.

Sonia se ajustó la blusa y se alisó el pelo.

—Tu hermana está bien —dijo—. Mira.

Se oyó un gemido desde la cama. Madison abrió los ojos.

Me precipité hacia ella y le acaricié la cara, que se le había puesto de un fantasmal blanco grisáceo.

—No te muevas, cariño —le dije—. Todo va a ir bien.

Me volví hacia Sonia, que observaba a Madison con atención.

—¿Está bien? —le dije—. ¿Tan bien como mis padres? ¿A punto de ir a la cárcel por algo que no hicieron?

Sonia se encogió de hombros y se examinó las uñas bajo los guantes de látex.

—Ni es culpa mía ni es mi problema. Por lo que a mí respecta, apenas hablé con tus padres, pero no puedo evitar que Tarsen sea un mentiroso.

La puerta se abrió de golpe y Frank entró a grandes zancadas. Echó un vistazo a Madison, que luchaba por sentarse en la cama, y se encaró contra Sonia.

—¿¡Qué está pasando!? —gritó. Miró fijamente a Sonia—. ¿Le has pegado a la niña?

CHICA DESAPARECIDA

—Ha sido sin querer. —Sonia se sonrojó ligeramente—. De todas formas, estás aquí porque te pago. No te debo ninguna explicación.

—Por Dios. —Frank puso los ojos en blanco—. Primero casi me matas por querer meter en cintura a la princesa adolescente y ahora ni siquiera puedes controlarte cerca de la mocosa.

—No te cabrees. Puede pasar perfectamente por un golpe que se ha dado en la cabeza en el accidente. Nadie se dará cuenta.

—¿Qué accidente? —dije.

Frank me ignoró.

—Te necesito ahí afuera para la última parte —le dijo a Sonia—. Tendrás que encerrarlas aquí hasta que terminemos.

Salió. Sonia lo siguió sin mirar atrás.

Oí el clic de la cerradura de la puerta.

¡El móvil!

Corrí hacia el fregadero. Menos mal que Sonia y Frank habían estado demasiado ocupados gritándose como para verlo.

Corrí rápidamente hacia la ventanilla que Sonia había abierto. A través de ella, podía ver las barandillas de la cubierta y el mar abierto. Pero ni acercando el móvil a la abertura conseguía cobertura. ¿Dónde demonios estábamos?

Había un rollo de cuerda atascado junto a la ventana. Escondí el teléfono detrás. Estaría más seguro allí que conmigo. Ya lo recuperaría más tarde.

Corrí hacia Madison y la abracé.

—¿Estás bien, cariño? —Miré fijamente sus grandes ojos marrones.

Madison asintió levemente y luego hizo una mueca de dolor.

—Me duele la cabeza.

Parecía estar bien, pero sus ojos estaban un poco vidriosos y su cara seguía fantasmalmente blanca. Con cuidado, con dedos temblorosos, palpé el lugar donde su cabeza se había golpeado contra la estantería. Gimió ligeramente cuando toqué algo caliente y pegajoso. Retiré la mano. Tenía las yemas de los dedos manchadas de rojo.

Me limpié rápidamente la sangre en los vaqueros y le sonreí.

—Te pondrás bien —le dije.

—¿He fingido bien? —dijo ella.

Parpadeé.

—¿Te refieres al dolor de barriga?

Su boca se curvó en una pequeña sonrisa.

La abracé de nuevo.

—Lo suficiente para ganar el Oscar a la mejor actriz. La ganadora más joven de la historia.

¡Bum! Con una sacudida repentina, el barco nos lanzó a las dos hacia delante, hasta el extremo de la cama. Un ruido chirriante y rasposo surgió de la proa. En la

CHICA DESAPARECIDA

fracción de segundo que siguió, abracé a Madison con más fuerza.

Con un fuerte estruendo, el barco se estrelló contra algo duro y ambas salimos despedidas hacia el suelo.

37. Atrapadas

Aterricé de espaldas, con Madison encima de mí. Durante unos segundos, permanecí tumbada, sin aliento. El barco seguía dando tumbos, aunque el motor se había apagado.

Madison se aferró a mí, gimoteando.

—¿Qué es eso, Lauren? ¿Qué está pasando?

—Creo que nos hemos estrellado.

El suelo bajo mi espalda estaba frío y duro. Aparté suavemente a Madison y me puse en pie. El barco se balanceaba bruscamente de un lado a otro. Separé los pies, intentando mantener el equilibrio.

Unos pasos avanzaron por el pasillo hacia nosotros. La puerta se desbloqueó y se abrió de golpe. Frank estaba allí.

—No quiero que se note que estabas encerrada contra tu voluntad —gruñó.

Se dio la vuelta y salió corriendo de nuevo pasillo arriba, poniéndose una chaqueta de neopreno por encima de la camiseta.

Arrastré a Madison por el pasillo hasta el salón. El barco se balanceaba y zozobraba. Me apoyé en las paredes para mantener el equilibrio, maldiciendo los tacones de aguja.

Frank estaba subiendo, saliendo por la puerta del salón.

Ni rastro de Sonia. Entonces la oí salir a cubierta.

—¡Dame su móvil! —gritó—. Tenemos que dejarlo aquí. No quiero que nadie lo rastree.

—No lo tengo —gruñó Frank.

Sonia lo maldijo.

—Se suponía que tenías que quitárselo en cuanto subiera a bordo.

El barco se sacudió violentamente. Me caí al suelo, extendiendo la mano para frenar el golpe. El suelo estaba húmedo. *¡Oh, por Dios!* El agua se filtraba a través de las tablas del suelo.

—Lauren. —Madison intentaba ayudarme a ponerme en pie.

Mientras me levantaba, Frank reapareció en los escalones.

—¿¡Dónde está!? —gritó—. ¡Tu móvil!

—No lo sé. —Me costó toda mi concentración no mirar hacia el dormitorio del que acabábamos de salir—. Se me cayó en el puerto, subiendo al barco. Se cayó al agua.

Frank se acercó a grandes zancadas. Me metió las manos en los bolsillos y me cacheó los brazos y las piernas. Hizo lo mismo con Madison.

—¡No lo tienen! —le gritó a Sonia.

El barco se movía ahora con menos violencia. Miré hacia abajo. El agua se arremolinaba a mis pies. Las punteras de mis botas ya eran de marrón oscuro, manchadas por el agua.

—Déjalo —soltó Sonia—. ¡Vámonos!

Frank caminó de nuevo hacia los escalones que conducían a la puerta del salón. Madison se acurrucó contra mí.

—¡No podéis dejarnos aquí! —grité.

Frank guardó silencio mientras subía a cubierta. La puerta se cerró, sumiendo el salón en la penumbra.

Podía oírlos fuera, arrastrando algo pesado por la cubierta. El agua me llegaba ya por los tobillos de las botas. Arrastré a Madison tras de mí, vadeando hacia los escalones.

Algo impactó levemente la puerta del salón, con un ruido sordo.

Han encajado algo contra la puerta. Quieren que nos ahoguemos. Que parezca un accidente.

El pánico me subió por la garganta. Me lancé escaleras arriba. La puerta no cedía.

—¡Socorro! —grité—. ¡Dejadnos salir!

Aporreé la madera.

Era inútil.

CHICA DESAPARECIDA

Volví a mirar a Madison. Estaba acercándose a una de las ventanas del salón, descorriendo la cortina.

A través de la diminuta ventana, pude ver que el barco estaba peligrosamente bajo, sumergido en el agua, cerca de una roca plana. Un poste negro y amarillo rematado con dos conos negros se erguía en mitad de la roca. Más lejos, podía distinguir una playa de arena.

—¿Qué está pasando? —La voz pequeña y asustada de Madison se clavó en mí como un cuchillo.

—Todo va a salir bien —le dije—. Acaban de encallarnos en unas rocas.

El barco se va a hundir. ¡Nos vamos a ahogar!

Con el corazón a cien, miré alrededor del salón. Había muchas ventanas, pero todas eran demasiado pequeñas para salir por ellas.

El barco dio una enfermiza sacudida hacia atrás y empezó a entrar agua por doquier. Me agarré a la barandilla junto a los escalones para no caerme.

Madison se deslizó hacia el agua.

—¿¡Madi!? —grité.

Se levantó, empapada, con la cara contraída por el miedo y el sufrimiento.

Le tendí la mano.

—Vamos, Madi —insté—. A lo mejor, si empujamos las dos, podemos mover lo que sea que esté bloqueando la puerta.

El suelo del salón se inclinaba ahora hacia la popa. Madison vadeó hacia mí. El barco volvió a inclinarse aún más hacia atrás, hundiéndose en el agua. El salón ya estaba prácticamente sumergido, solo los escalones superiores estaban por encima del nivel del agua.

¿Cuánto tiempo nos queda antes de hundirnos del todo?

38. La roca

Volví a empujar la puerta del salón. Estaba totalmente atascada.

Madison me miraba. Le castañeteaban los dientes.

—Papi se va a enfadar mucho por lo del barco —avisó—. Lauren, me duele mucho la cabeza.

—Lo sé, cariño. —Aporreé la puerta—. ¡Ayuda! —grité, sabiendo que era inútil—. ¡Ayuda!

Me detuve. No hubo respuesta. Solo el chapoteo de las olas, el crujido del barco y mi propia respiración agitada.

Volví a golpear.

¡Por favor! Por favor...

Y entonces lo oí: un golpeteo que me respondía desde fuera de la puerta del salón.

—¿Lauren?

Mi corazón dio un salto. Golpeé la madera como nunca.

—¿Jam? ¿Eres tú? ¿Jam?

—¡Escucha! —gritó—. Han encajado un arpón entre la puerta y un escalón. Voy a sacarlo.

El sonido raspante del metal contra la madera se filtró a través de la puerta. Miré a Madi.

—No pasa nada —dije, con los ojos llenos de lágrimas de alivio—. ¡Es Jam! Nos va a sacar de aquí.

Me volví hacia la puerta y presioné la palma de la mano contra la madera.

—¡Has vuelto!

—Por supuesto —jadeó Jam—. Llevo desde Evanport escondido en la parte trasera del barco.

—¿Dónde están Sonia y ese hombre?

—Se han puesto trajes de neopreno y han nadado hacia la orilla —dijo Jam, sombrío—. Ya está.

Oí como el arpón golpeaba la cubierta. La puerta del salón se abrió. Vislumbré rápidamente la cara de Jam; luego el barco dio un espantoso crujido y volvió a sacudirse violentamente hacia atrás.

Salí despedida de los escalones y me precipité al agua helada. Por un momento, no hubo más que confusión. Un montón de burbujas me rodeaban. Me quedé cabeza abajo en el agua, hundiéndome, y de repente abrí los ojos. El panel de arranque estaba a mis pies. Empecé a dar brazadas. ¡Más fuertes, más fuertes! Al fin, saqué la cabeza del agua y pude respirar. Miré a mi alrededor; bajo el agua, a mi lado, estaban la mesa del comedor y los bancos. Las puertas de los armarios estaban todas abiertas y todos los platos y tazas que habían estado dentro flotaban ahora en el agua.

—¡Lauren!

Miré hacia arriba. La cabeza y los hombros de Jam asomaban a través de la puerta del salón, a eso de un metro por encima del agua.

Me tendió la mano.

—Vamos.

Miré alrededor.

—¿Y Madison? ¿Dónde está Madison? —Mi voz se elevó con pánico.

Volví a sumergirme bajo el agua helada. La ropa se me pegaba, dificultándome desplazarme por el agua.

Busqué por todas partes. Y entonces la vi. A solo unos metros. Flotando bajo el agua, con su larga melena a la deriva detrás de ella.

Mi corazón se detuvo durante por lo menos diez latidos. *¡Madi, aguanta!*

Alargué mis doloridos brazos a través del agua. Pareció que me llevara una eternidad llegar hasta ella. Y, de repente, la tenía, levantándola, sacándola del agua.

Estaba justo debajo de la puerta abierta, con Madison como un peso muerto en mis brazos. Jam estaba inclinado hacia mí, sacando la parte superior del pecho y los brazos a través de la abertura.

—Tendrás que acercármela —precisó.

La empujé fuera del agua helada, sintiendo cómo Jam tomaba parte de su peso entre los brazos.

—Acércamela más —jadeó—. No puedo sujetar su peso y mantener el equilibrio a la vez.

Saqué fuerzas de no sé dónde y, con un poderoso empujón, empujé el inerte y empapado cuerpo de Madison hacia él. Luego desapareció. Chapoteé sin fuerzas por el agua, apenas logrando mantenerme flotando. Me di cuenta de que ya no sentía las piernas.

—¡Lauren! ¡Lauren! —Jam gritaba mi nombre.

Levanté la vista. Ya no estaba muy por encima de mí. Sus manos casi podían alcanzar el agua helada. ¿Qué me estaba diciendo?

—¡Dame la mano, Lauren! ¡Dame la mano!

Me miré los brazos como una estúpida. Mis manos flotaban sin fuerzas en el agua, me costaba mucho moverlas. Incluso mover levemente las piernas me costaba demasiado esfuerzo. Era más fácil darme por vencida, dejar que el agua me arrastrara hacia abajo.

—¡Lauren! —El grito de Jam resonó en la habitación inundada—. ¡Dame la mano! ¡Dámela! ¡Ya!

Con un gran esfuerzo, alargué la mano y dejé que me agarrara la muñeca.

—¡Ahora agárrate a la puerta y haz fuerza para subir! —gritó.

Intenté levantar el brazo, pero no me quedaban fuerzas. La abertura estaba a medio metro por encima de mi cabeza, pero bien podría haber estado a medio kilómetro.

—¡No voy a dejarte! —gritó Jam—. ¿¡Quieres que me muera aquí!? ¿¡Quieres que Madison muera!?

CHICA DESAPARECIDA

No. No. ¡NO!

Alargué la mano y me agarré de algún modo a la puerta del salón. Apreté los dientes y les dije a mis músculos que me alzaran. Las manos de Jam estaban bajo mis brazos, haciendo fuerza para sacarme. Saqué un brazo por el exterior de la puerta. Luego el otro. Podía sentir las manos de Jam, arañándome la espalda, levantándome.

Y, por fin, allí estaba, trepando hacia la cabina y luego hacia el techo del salón, apenas un metro por encima de las olas que golpeaban.

El aire frío me abofeteó, pero era mejor que estar en el agua. Me arrodillé, encorvada, temblando.

—¡Levántate! —gritó Jam.

Estaba de pie y descalzo, a mi lado, con Madison colgada de sus hombros y sujetada por un brazo. Ella gemía levemente, flácida y débil.

Me puse en pie con dificultad, tratando de mantener el equilibrio a pesar del balanceo del barco. Cada vez se hundía más deprisa. No debía quedar más de un minuto para que nos absorbiera por completo.

Le ayudé a cargar a Madison. Jam señaló hacia la roca plana que había visto por la ventana del salón.

—Tenemos que nadar hasta ahí —jadeó.

Asentí. La roca no quedaba demasiado lejos, pero el agua a su alrededor estaba agitada. Y sabía lo fría que iba a estar.

Nos zambullimos juntos en el agua. Las piernas y los brazos se me agarrotaron al instante. Cargar con el peso de Madison entre los dos hacía aún más difícil avanzar a través de las olas que nos golpeaban la cara. Podía sentir a Jam tirando hacia delante: sus brazos y piernas eran más fuertes y no estaban tan agotados. Luché por seguirle el ritmo. Al menos, el esfuerzo me ayudaba a mantener algo de sensibilidad en las extremidades.

Por algún motivo, una vez en el agua, la roca plana parecía más lejana. Agarrando la mano de Madison, me impulsé hacia delante. Una brazada cada vez. Otra más. Y otra.

Mis brazos y piernas volvían a entumecerse. El agua me salpicaba en la cara. Mis piernas chocaban contra letales y afiladas rocas bajo el agua, como la que había hecho un agujero en el casco del Josephine May.

Y entonces, justo cuando creía que ya no iba a poder avanzar más, por fin llegamos. Jam se encaramó a la roca, medio arrastrando, medio empujando a Madison. Y yo me arrastré como pude tras él.

El rostro de Jam estaba contraído por el dolor. Miré hacia abajo. La sangre se filtraba a través de sus pantalones justo por encima del tobillo, chorreando hasta su pie descalzo.

—Me he cortado —jadeó—. Una de las rocas.

Se acercó cojeando hasta un par de zapatillas tiradas de lado en mitad de la roca plana.

¿Cómo habían llegado hasta allí?

—Son mías. —Jam se agachó, sacó un calcetín de una de las zapatillas y metió la mano dentro.

Me quedé boquiabierta cuando sacó mi móvil del calcetín. ¡Lo había olvidado por completo!

Su cara estaba azul del frío mientras me lo daba.

—Te vi esconderlo. Lo habría recuperado antes, pero me daba miedo que me vieran.

Temblando, miré el móvil. ¡Había señal!, aunque muy débil. Con las manos temblorosas, marqué el número de emergencias en el aparato.

Jam seguía hablando.

—Quería llamar para pedir ayuda, pero el barco se hundía demasiado deprisa y os tenía que salvar. Lo metí en mi zapatilla y lo arrojé a la roca para no perderlo.

Una mujer contestó a la llamada.

—Emergencias, ¿qué necesita?

—Estamos en una roca —tartamudeé—. En el agua.

—¿Dónde exactamente? ¿Dónde estáis? —La voz de la operadora era enérgica y eficiente.

—No lo sé —dije, intentando desesperadamente concentrarme.

—Los he oído decir que se llamaba Long Mile —dijo Jam.

Se lo dije a la operadora. ¿Long Mile? El nombre me resultaba familiar. Pero tenía demasiado frío y no conseguía recordar cómo lo conocía.

—¿Cuántos sois?

—Tres.

—¿Alguno de vosotros necesita atención médica urgente?

Madison.

Le di el teléfono a Jam y corrí hacia donde yacía, boca abajo sobre la dura roca. Le toqué la mejilla. Estaba tan fría como el hielo. Le di la vuelta y escruté atentamente algún indicio de respiración. Nada.

No.

No podía ser... La sacudí con fuerza.

—¡Madison!

Un escalofrío más helado que el agua me recorrió la sangre.

—¡Madison! —grité—. ¡Despierta!

39. La espera

Podía ver a los médicos y enfermeras apresurarse de un lado a otro a través del hueco de las cortinas. La sala de urgencias era ruidosa y bulliciosa, pero, sentada en mi camilla de hospital, yo estaba apartada del meollo.
 Esperando.
 Esperando noticias de Madison.
 Annie y Sam habían llegado hacía una hora, pálidos y alterados. Los había visto un instante y les había contado todo lo que había pasado. Me sentía tan culpable por Madison que casi había deseado que se enfurecieran conmigo. Que me gritaran que no debería haberla llevado conmigo al puerto esa mañana. Que sería culpa mía si se moría.
 Pero se limitaron a quedarse allí plantados, con cara de aturdidos. Entonces vino una de las enfermeras y se los llevó a la sala de traumatología, donde estaban tratando a Madi. Yo también quería ir, pero la enfermera me

dijo que tenía que esperar hasta que el médico volviera a examinarme.

Había llegado M. J. y estaba sentada a mi lado. Intenté concentrarme en lo que me decía.

—Sonia Holtwood quería que pareciera un accidente, como si Madison y tú hubierais usado el barco sin permiso, luego hubierais perdido el control y lo hubierais encallado en las rocas.

Por favor, que esté bien.

M. J. se inclinó hacia delante.

—Fue muy inteligente —dijo—. Eligió Long Mile Beach. Ya sabes, donde desapareciste de niña.

La miré fijamente, recordando la playa que había visto a lo lejos, cuando estábamos en el barco, así como las fotos que Madison me había enseñado.

—¿Long Mile?

M. J. asintió.

—Supongo que Sonia pensó que creeríamos que ibas allí porque sentías curiosidad. He hecho llegar el vídeo de tu móvil a las autoridades. Al menos, ahora tenemos una imagen clara de cómo es. Y sabemos que está por la zona. Esta vez, la atraparemos.

Asentí, aturdida. *Qué más da... Atrapar a Sonia Holtwood no va a ayudar a Madison.*

M. J. se fue. Me quedé sentada, mirándome las manos, reviviendo las dos últimas horas.

CHICA DESAPARECIDA

Nos habían evacuado de la roca en helicóptero. Supongo que suena emocionante, pero no lo fue. Solo fue frío y aterrador.

Madison no se despertó en todo el tiempo que estuvimos en el helicóptero. Los paramédicos nos envolvieron con unas mantas plateadas para calentarnos y uno de ellos examinó el corte de la pierna de Jam.

No dejaban de mirar a Madi para luego mirarse el uno al otro. No dijeron gran cosa delante de nosotros. Pero se les veía en los ojos que no tenían muchas esperanzas.

—Lauren, ¿me has oído?

Annie estaba a mi lado. La agarré del brazo.

—¿Está bien?

Annie negó con la cabeza.

—No, sigue inconsciente. —Sus ojos se llenaron de lágrimas—. Tiene hipotermia, sufrió demasiado frío en el agua.

Debería haberla protegido más. Fue culpa mía que estuviera en el barco. ¿Por qué me la llevé al puerto?

Abrí la boca para decirle a Annie que lo sentía muchísimo. Pero ella tenía la vista fija en las sábanas de mi cama, con una lágrima recorriendo su mejilla.

—Al menos tú estás bien, Lauren —sollozó—. No podría soportarlo si fuerais ambas.

Verla allí de pie, encorvada y sufriendo, me desgarró. Quería decirle algo que la reconfortase. Pero las palabras se me deshicieron en la boca. Entonces, Annie se fue y entró un médico para examinarme. Dijo que en principio estaba bien, pero que debía pasar la noche en observación. Lo cual me pareció bien. Si Madison estaba aquí, no pensaba irme a ninguna parte.

Pasaron otras dos terribles horas. Los médicos me permitieron esperar con los demás en la sala familiar. Seguíamos sin noticias de Madison.

Me acurruqué sobre uno de los jerséis de Annie en la punta del sofá. Shelby estaba hecha un ovillo en el sillón de enfrente. Annie miraba por la ventana, esperando a que volviera Sam, que, impaciente, se había ido de nuevo a la sala de traumatología.

Se abrió la puerta y entró Jam, vestido con unos pantalones y un jersey de Sam, remangados tanto en los brazos como en las piernas. Se acercó cojeando y se sentó a mi lado. No nos dijimos nada, no hacía falta.

Me apoyé en su hombro y cerré los ojos.

No podía imaginarme amando jamás a alguien tanto como a él. Excepto, tal vez, a mi hermanita.

Cada vez que la recordaba tumbada en aquella roca, con sus grandes ojos cerrados e inmóviles, sentía un peso aplastante en el pecho, como si no pudiera respirar. Su voz resonaba en mi cabeza, tranquila y seria. Visualicé cómo sonreía la primera vez que la maquillé.

¿Por qué tardan tanto los médicos? O está bien, o... No, seguro que está bien. Tiene que estarlo. Voy a llevarla al cine por su cumpleaños.

No me di cuenta de que Sam había entrado hasta que Annie corrió hacia la puerta.

—¿Sam? —Tomó aire en un sollozo—. ¿Sam?

Sam sacudió la cabeza. Había un terrible vacío en sus ojos.

—Sigue sin novedades —dijo.

Su rostro se contrajo cuando Annie lo atrajo hacia ella. Apoyó su frente en la de ella y se echó a llorar.

Me aparté, acurrucándome aún más en el hombro de Jam.

Por favor, que no se muera. Por favor, que no se muera.

La culpa me estaba devorando. Y el miedo.

Si Madison moría, una parte de mí también moriría para siempre.

¿Así se sentían las madres?

Sam dejó de llorar y se sentó en una de las sillas. Se pasó las manos distraídamente por el pelo.

—El médico ha dicho que Madi tenía pequeños moratones en el estómago. De hace tiempo, nada que ver con lo de hoy. Se preguntaban si sabíamos algo.

Annie negó con la cabeza.

—Tal vez de algún deporte —dijo vagamente. Frunció el ceño—. Aunque los últimos meses ha estado muy rara, bañándose y vistiéndose sola. Pensé que simplemente trataba de ser independiente.

Miré a Shelby de reojo. Parecía horrorizada. Sus ojos me suplicaban que no dijera nada. Agaché la mirada.

Si Shelby sentía la mitad de lo que yo sentía, ya debía estar sufriendo bastante.

Se oyó un golpe seco en la puerta. Annie se levantó de un salto. Pero solo era M. J., que me hizo señas para que me acercara.

—Lauren, ¿podemos hablar?

Salí de la sala, de vuelta al ruido y el bullicio de urgencias. M. J. me sonrió. No lograba entender por qué parecía tan contenta. Entonces miró a un lado. Seguí su mirada y los vi. Mamá y papá. Allí de pie. Mirándome.

Se me hizo un nudo en la garganta cuando se acercaron.

—¿Estáis... se ha acabado? —dije.

Mamá asintió. Tenía la cara demacrada, los pómulos tan estirados contra la piel que parecía más una calavera cubierta de carne que un ser humano.

—¡Somos libres! —dijo papá. Le temblaba la boca, pero intentaba sonreír—. Han retirado todos los cargos. Ni siquiera van a procesarnos por el pago ilegal a Sonia Holtwood. —Hizo una pausa—. Hemos venido directamente. Sé que los Purditt no quieren que te veamos. Pero vamos a luchar contra ellos por ti. Hemos presentado una cosa llamada «petición de La Haya»... De todas formas, los detalles no importan. Lo importante es que ahora será más fácil, sin el caso penal pendiendo sobre nosotros.

—Ha sido gracias al vídeo de tu móvil —sonrió M. J.—. Bueno, no solo eso. Tarsen no paraba de cambiar su historia y no había nada que la respaldara. Pero el móvil fue la gota que colmó el vaso. Han desestimado el caso contra tu madre y tu p...

—Sé que el médico dice que estás bien, pero ¿estás segura? —interrumpió mamá, ansiosa.

—Estoy bien, mamá.

—Te queremos de vuelta a casa —dijo temblorosa—. Pero sabemos que no va a ser fácil.

—Lo conseguiremos —predije—. Te lo prometo.

Mientras abrazaba el frágil cuerpo de mamá, de repente me invadió una feroz nostalgia por mi antigua vida en Londres.

Quería volver allí. A casa, con mamá, papá y Rory. Lo deseaba tanto que apenas podía respirar.

Entonces me acordé de Madison.

Me volví y miré hacia la sala de espera familiar.

Annie estaba de pie junto a la ventana, mirándome, con los ojos llenos de lágrimas.

Mamá y papá se fueron a un hotel, a comer algo y a descansar.

Jam telefoneó a Carla. Me dijo que ver a Annie y a Sam tan disgustados por Madison le hacía sentirse culpable.

—Supongo que al menos debería hacerle saber que estoy bien —dijo.

Como era de esperar, Carla estaba furiosa con él; desde el otro lado del pasillo se la oía gritar al otro lado de la línea. Entonces, Sam se hizo con el teléfono. A pesar de su desesperación, escuchó a Carla despotricar y, poco a poco, la fue calmando, contándole cómo Jam nos había salvado la vida.

Al cabo de más o menos una hora, los médicos nos dejaron ver a Madison. Seguía sin despertarse. Tenía la cabeza vendada y salían de ella toda clase de tubos y cables. Tumbada en la cama parecía tan pequeña, tan vulnerable, que mi corazón pareció encogerse.

Nos turnamos para sentarnos junto a ella.

Jam se había ido con Sam y Shelby a buscar algo de comida. Annie y yo nos sentamos a ambos lados de Madison, cada una sujetando una de sus manos.

Estaba oscuro fuera de la ventana de la UCI y el poste que sujetaba el gotero proyectaba una larga línea de sombra en el suelo. Permanecimos sentadas mucho tiempo sin hablar. Los únicos sonidos eran las voces apagadas de las enfermeras, ocupadas con otro paciente al otro lado de la habitación, y el ocasional *bip, bip* de una máquina.

—Fue así cuando desapareciste —dijo Annie.

La miré.

—¿Qué quieres decir?

—Aquel día en la playa. Estábamos solas tú y yo. Éramos tan felices... Estábamos jugando al escondite. Y entonces... Entonces corriste tras unas rocas en las que yo me había escondido antes. Y cuando llegué hasta allí, habías desaparecido.

—Lo recuerdo.

Annie me miró a través de la cama.

—¿A Sonia Holtwood secuestrándote, quieres decir?

CHICA DESAPARECIDA

—No. —La miré a los ojos—. Recuerdo estar contigo en la playa. Recuerdo jugar al escondite. Recuerdo ser feliz.

Bajé la mirada hacia la mano de Madison.

—Rendirse —susurró Annie—. Eso es lo más difícil.

Mientras hablaba, uno de los dedos de Madison se movió ligeramente.

Ahogué un grito.

—¡Annie, mira!

Contuve la respiración y apreté los dedos de Madi, deseando que se movieran de nuevo.

Y lo hicieron. Noté una presión débil y suave.

—¿Madison? —susurré.

—Mmm —gimió suavemente. Sus párpados se movieron—. ¿Mami?

Miré a Annie. Sus ojos brillaban.

La vi tal como era por primera vez.

La mujer de la playa.

Mi madre.

40. Decisiones

Atraparon a Sonia Holtwood intentando cruzar la frontera hacia Canadá el día de Acción de Gracias. M. J. me llamó y me lo contó: dijo que era probable que pasara mucho tiempo en la cárcel. Al parecer, Sonia Holtwood —nombre real: Marcia Burns— había estado implicada en una serie de secuestros de niños antes de dedicarse al fraude por Internet, desarrollando y vendiendo identidades robadas para la gente. Ella se dedicaba a reunir la información y luego se la pasaba a Taylor Tarsen para que la vendiera.

Jam y yo tendríamos que testificar en su juicio. Pero, por lo demás, todo el asunto había quedado atrás.

Jam se alojaba en casa de Annie y Sam desde el hundimiento del barco. Se llevaba muy bien con los dos. Incluso mientras Madison seguía en el hospital, intentaron colmarlo de regalos.

CHICA DESAPARECIDA

—Les salvaste la vida a nuestras hijas —dijo Sam—. Todo lo que quieras es tuyo.

Creo que esperaba que Jam pidiera cosas de informática, o tal vez incluso un coche. En Estados Unidos, puedes conducir a los dieciséis. Pero Jam simplemente lo miró a los ojos y le dijo:

—Quiero quedarme con Lauren.

Creo que Annie y Sam se quedaron un poco sorprendidos, pero, para ser justos, se apresuraron a llamar a Carla y la convencieron para que le dejara quedarse hasta finales de noviembre. Ella insistió en que hiciera cierta cantidad de deberes escolares todos los días, pero, aparte de eso, no opuso mucha resistencia.

Para mi sorpresa, a mamá y papá tampoco pareció importarles que Jam se quedara con los Purditt. Supongo que estaban tan contentos de no ir a la cárcel que nada podía estropeárselo. Volvieron a instalarse en el Hotel Evanport unos días y luego se fueron a casa una semana para ver a Rory. Le compré una camiseta de *Legends of the Lost Empire* y les pedí que se la regalaran. Consideré que se lo debía por arruinarle las vacaciones.

La vista para resolver dónde iba a vivir empezaría cuando volvieran. Me daba pánico. Quería volver con mamá y papá, por supuesto. Pero también quería estar aquí, con Annie, Sam y Madison. Y no podía soportar la idea de otro juicio. Especialmente uno que girara en torno a mí.

Le conté a Gloria cómo me sentía. Al día siguiente, Sam y Annie se sentaron conmigo en la cocina para tener una charla seria.

—¿Qué pasa? —dije.

Annie soltó una tos nerviosa.

—Solo queríamos hablar sobre esta situación legal en la que nos hemos metido.

La miré fijamente.

—Sam y yo entendemos que estábamos equivocados sobre tu... tu madre y tu padre adoptivos. Es decir, sabemos que eran básicamente buenas personas que pensaron que estaban ayudando cuando le pagaron a Sonia por ti. —Annie respiró hondo—. Una vez que la audiencia de la semana que viene establezca que tu adopción fue ilegal, podrán empezar a luchar para recuperarte. Nuestros abogados dicen que tienen un caso sólido. Y nosotros... entendemos lo mucho que significan para ti, y por eso queremos intentar solucionar las cosas sin una gran batalla legal y... y pensar alguna forma de que puedas pasar tiempo con ellos también...

Me lancé sobre ella, enterrando mi cara en su cuello, estrujándola con fuerza.

—Oh, Annie, gracias, gracias. —Volví a abrazarla.

—Bueno, también ha sido cosa de Sam. —Parecía de algún modo contenta y triste al mismo tiempo.

Miré a Sam.

—En realidad, fue mamá. Mi madre, quiero decir. Gloria. —Sonrió—. Ella me señaló el día que la conociste

CHICA DESAPARECIDA

que daba igual si las personas a las que llamabas *mamá* y *papá* eran asesinos en serie. Siempre los ibas a ver como a tus padres. Y Annie y yo, de alguna manera, hemos tenido que hacernos a la idea.

Pensé en aquel primer encuentro con Gloria y en lo preocupado que había visto a Sam mientras volvíamos a casa.

Le sonreí; luego también a Annie, a quien le temblaba el labio. Sentí una punzada de culpabilidad por lo mal que me había portado a menudo con ella en el pasado. Quería decirle algo sobre cómo ahora entendía lo duro que era para ellos darse cuenta de que consideraba mis padres a otras personas. Sobre lo confusa que estaba sobre dónde y con quién quería vivir.

Pero, otra vez, no encontraba las palabras adecuadas, así que me levanté y fui a buscar a Jam. Al menos, con él era sencillo. Al menos, con él podía olvidar lo desgarrada que me sentía. Por un tiempo, al menos.

Madison salió del hospital a tiempo para su cumpleaños, a finales de noviembre. Annie no la dejaba ir al cine, así que le compré *ET* en DVD y la vimos en su habitación, llorando juntas en el momento en que parece que el extraterrestre haya muerto para que Elliot pueda vivir.

Jam entró, nos vio llorando y gimió.

—Ese es el problema de las películas de chicas —dijo—. Demasiado sensibleras.

Le dije que *ET* no era una película para chicas, mientras Madison le insistía para que se quedara a verla. Entre tú y yo, creo que lo tiene en un pedestal.

La película se acabó y Annie hizo que Madi se tumbara a dormir la siesta. Jam y yo decidimos ir a pasear hasta el puerto deportivo. Ahora, en el final del otoño, estaba siempre desierto y todos los barcos estaban cubiertos con lonas.

Nos dimos la mano y nos besamos un rato. Pero todo quedó eclipsado por el hecho de que noviembre se estaba terminando y Jam iba a tener que volver a casa en dos días. De repente, me di cuenta de que la vaga oferta de Annie y Sam de dejarme pasar tiempo con mamá y papá no era suficiente.

Quería estar con Jam todo el tiempo. No solo cuando a Annie y a Sam les apeteciera dejarme ir a Londres.

¿Por qué tenía que ser todo tan complicado?

—Tal vez aún podamos escaparnos, después de todo —sonreí, rodeándolo con mis brazos.

—No. En eso tenías razón. De todas formas, supongo que ahora este es tu sitio.

Me acurruqué contra su pecho. ¿Este era mi sitio? Nunca iba a sentir que Annie y Sam eran mis padres, pero había empezado a pensar en ellos como mi familia. Y Shelby llevaba una semana sin portarse mal conmigo ni una sola vez. Para mi asombro, incluso había confesado haber maltratado a Madison.

CHICA DESAPARECIDA

Annie achacó lo que había hecho al trauma de tener una hermana desaparecida. Yo lo achacaba a que Shelby tenía un serio problema de actitud.

Y a pesar de ello...

En el fondo, sí que parecía estar cambiando.

Una ráfaga de viento helado azotó el puerto deportivo, helándome el cuello. Me apreté la bufanda.

Entonces, ¿cuál era mi lugar? No tenía muchas ganas de volver a la escuela, en Londres, pero echaba de menos a mamá y a papá. Sabía que querían que estuviera con ellos de verdad, no solo en visitas ocasionales. ¿Y cómo iba a despedirme de mi fabuloso novio?

Me estiré y le di un beso en la nariz.

—Quiero estar contigo.

Me dedicó su enorme y bonita sonrisa. Y no dijimos mucho más durante unos minutos.

Toda la familia se reunió para la merienda de cumpleaños de Madison. Yo había ayudado a hacer una gran tarta con siete velas. Madison sopló cada una imitando a uno de los siete enanitos de *Blancanieves*. Solo Jam y yo entendimos lo que estaba haciendo. Vimos a Annie fruncir el ceño cuando Madison, en el papel de Mocoso, fingió un gigantesco estornudo para apagar la última.

Cuando todo el mundo se fue, Sam se llevó a Madi a jugar a la habitación y Annie desapareció. Parecía especialmente nerviosa: ¡hasta rompió un plato y dos vasos mientras ponía el lavavajillas!

Me pregunté qué le pasaba. En los últimos días, había visto a Annie más tranquila. Incluso había dejado de arrastrarse a mi alrededor todo el tiempo. Pero esta noche sin duda estaba muy nerviosa.

A las siete en punto, sonó el timbre de la puerta. Annie saltó como si le hubieran disparado.

—Lauren, ¿puedes abrir?

Troté hacia la puerta principal.

Mamá y papá estaban de pie en el felpudo.

Me quedé con la boca abierta.

—¡Hola, cariño! —Mamá me dio un abrazo enorme.

—¿Ha pasado algo? ¡Os hacía en Londres hasta mañana!

—Annie y Sam nos han invitado. —Papá levantó las cejas, como diciendo «estamos igual de confusos que tú».

Pasamos a la sala de estar. Sam y Annie estaban de pie con expresión extremadamente seria. Mamá y papá los miraban fijamente. Miré a Jam de reojo. Esta era, con diferencia, la situación más rocambolesca en la que creo haberme encontrado nunca.

Nadie dijo nada.

Así que carraspeé.

—Esto, mamá, papá, estos son... —Me volví hacia Sam y Annie—. Estos son... uh... mi madre y mi padre.

Jam se rio. Todos los demás parecían incómodos.

Sam les estrechó la mano.

—Gracias por venir —dijo.

Mamá y papá se sentaron en el sofá frente a Annie y Sam.

—Haré café en un minuto —dijo Annie—. Pero creo que, si no lo digo ya, estallaré, o lloraré, o haré alguna estupidez.

La miré fijamente.

Sam tosió y dijo:

—En primer lugar, queríamos disculparnos por haber pensado que estabais involucrados en el secuestro de Lauren. Sabemos que hicisteis... bueno... lo que hicisteis, creyendo que la estabais salvando.

Annie asintió y añadió:

—Y queremos que sepáis que creemos que habéis hecho un trabajo maravilloso como sus padres. Es una chica encantadora.

Mamá esbozó una media sonrisa.

—Gracias —dijo—. Y gracias por decirle a Lauren y a nuestros abogados que no lucharíais para mantenernos fuera de la vida de Lauren por completo. Saber que entiendes... —Su voz vaciló—. ¿Es de eso de lo que queríais hablar?

—No exactamente —dijo Sam—. Sabemos lo mucho que la queréis y hemos hablado con Lauren. Sin duda, ella siente que debe estar con vosotros... —La voz de Sam se quebró. Se detuvo y bajó la mirada.

Annie le apretó la mano y me miró.

—Cuando vi tu cara... cómo se te iluminó cuando te dijimos que no íbamos a impedir que vieras a tus... tus padres... nos dimos cuenta de que... —respiró hondo y miró a mamá y papá— queríamos que estuvierais aquí cuando le dijéramos a Lauren que... que, si es lo que ella quiere, una vez que la audiencia establezca que la adopción anterior fue inválida, no nos opondremos a vuestra solicitud para adoptarla formalmente, legalmente esta vez, y que vuelva a vuestra casa, en Inglaterra.

Tragué saliva. Miré a mamá y a papá. Ambos miraban fijamente a Annie y a Sam. Los ojos de mamá se llenaron de lágrimas.

Nadie habló. Oía mi corazón latir con fuerza.

—Gracias. —La voz de mamá era un susurro. Miró a papá. Él asintió.

Mamá se aclaró la garganta.

—Depende de ti, Lauren. Sabemos que encontrar a tus padres biológicos significaba todo para ti. Es tu decisión. Decidas lo que decidas, te apoyaremos.

¿Qué?

Todo el mundo me miró. Parpadeé rápidamente. ¿Podía elegir? Sentí el brazo de Jam alrededor de mis hombros.

Mamá y papá significaban riñas, escuela y la aburrida Inglaterra. ¡Pero también significaban estar con Jam! Y era mi hogar.

¿Pero cómo iba a dejar a Annie y a Sam? Aún no había pasado suficiente tiempo aquí, con mi familia. Quería conocer mejor a Annie y a mis abuelos. *Vaya.* Tenía parientes a los que aún no conocía. Y quería volver a navegar con Sam cuando tuviera su barco nuevo. Y, sobre todo, quería estar con Madison.

CHICA DESAPARECIDA

Contemplé los ansiosos y llorosos rostros de mis padres. Me vinieron a la cabeza las palabras de Glane: «Tienes cuatro padres que te quieren. Tal vez sea posible pertenecer a dos lugares».

Una sonrisa se dibujó lentamente en mi rostro.

—No quiero elegir —dije.

Todos me miraron fijamente. Papá carraspeó.

—No queremos obligarte —dijo—. Pero hay que...

—Quiero decir que no quiero elegir entre vosotros —dije.

Los miré, sonriendo. Mamá y Sam me miraban sorprendidos. Annie resopló.

—¿Pero cómo...?

—¿No lo entendéis? —dije—. Os elijo a todos.

Y así fue como lo resolvimos. Probablemente, soy la primera persona en la historia del mundo con cuatro padres legalmente reconocidos en dos continentes distintos. Paso el curso escolar en casa, en Londres, y al menos la mitad de las vacaciones en Evanport. Annie, Sam y mis hermanas también vienen a Inglaterra de vacaciones a veces.

Jam y yo somos oficialmente pareja. Lo veo a todas horas en casa, en Londres, y a menudo también viene conmigo a Evanport. Sam nos paga los vuelos. Jam sigue sin ver a su padre y la verdad es que nunca se ha llevado bien con Carla. Para ser sincera, creo que ve a Annie y a

302

Sam como a padres sustitutos. Glane también viene a veces desde Boston para ir a dar una vuelta.

Así son las cosas. Nunca paso más de unas semanas seguidas lejos de ninguna de mis dos familias, y además hablamos y nos mandamos muchos mensajes. No deja mucho tiempo para otras cosas y no siempre es fácil, sobre todo cuando acabo de llegar a uno de los dos sitios, pero, en general, probablemente me llevo mejor con todos de lo que me llevaría si viviera con ellos a tiempo completo.

El otro día llegó una profesora nueva. Nos mandó hacer otra de esas redacciones de «¿Quién soy?». Esta vez fue fácil. Solo tuve que escribir sobre mi vida.

Sobre mí, sobre una chica... aparecida.

Agradecimientos

Esta historia comenzó en Internet, concretamente en www.baaf.org.uk —la web de la Asociación Británica de Adopción y Acogida—, www.missingkids.com, www.ukadoption.com y los estatutos *online* de Vermont en www.leg.state.vt.us/statutes.

Estoy especialmente agradecida a Julia Alanen, abogada supervisora de la división internacional del Centro Nacional para Menores Desaparecidos y Explotados de EE. UU., por su tiempo y su interés.

Y gracias también a Elizabeth Hawkins, Moira Young, Gaby Halberstam, Julie Mackenzie, Sharon Flockhart, Melanie Edge, Jane Novak, Alastair McKenzie, Pam McKenzie y Ciara Gartshore.